在时间的河流上

陈卫新 著

On The River In Time

江苏凤凰文艺出版社
JIANGSU PHOENIX LITERATURE AND ART PUBLISHING, LTD

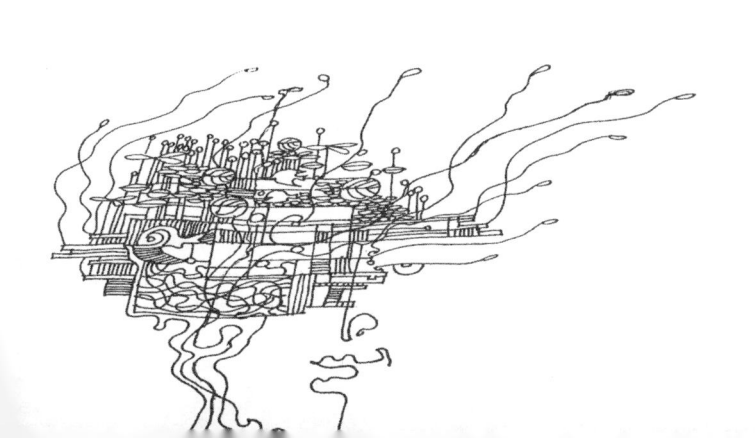

目录

写在前面

水流云在

最近的乌江	03
花落水流红	10
酒阑琴罢漫思家	15
赏心乐事谁家院	19
春梦了无痕	26
他乡即故乡	32
聊寄一枝春	38
灯随录	49

灯火流年

大戏院	74
假山	79
赛楼	85
1 路车	89
野菜	93
扫雪	96
关于元宵节的照片	101
学艺集	106
杂记	118
西遇随记	141
寻找巴瓦	149
旅行日记	159

想象的怀旧

海螺巷　　　　　　　　　　174
动物园的爱情　　　　　　　179
遥远的哈河　　　　　　　　187
山河表里　　　　　　　　　195

写在后面：雪中的荷兰馆　　207

写在前面

建筑师赖特讲过，"每一位设计师都是，而且必须是一位诗人，他必须是所处时代的有创见的解释者。"我相信这样一句话。任何时代的生活都是日常生活，设计的灵感来源于生活，作为一名保持实践的设计师，我必须常常提醒自己关注身边的人或事。点点滴滴，时间里微小的一切正汇聚成河。

水流雲在

最近的乌江

最近的乌江是个实实在在的镇子，西楚霸王自刎之地，从南京开车过去也不过40分钟。这让我很意外。这么近，这么多年怎么就没有想到过来看看。童年的时候，项羽曾经是我关于英雄的最伟大的记忆。什么叫虽败犹荣？这是一个男孩子在成长过程中必须要懂得的东西。傍晚，坐在这个乌江镇最临近长江的木屋里吃鱼，鱼是长江白鱼，鱼很大，也很漂亮，总之与长江很般配。这样的鱼是很难得的，鱼鳞发亮，而且脊背呈现出一块浅黄的印记，我似乎总下不了筷子。在屋子的另一侧，也就是说越过那条鱼的身体，在远处那扇窗的后面，是江边的一个堆沙场。有粗沙，也有细沙，几辆挖斗机来来回回地忙碌着。这江中沉积的沙，许多应是上游顺流而下的吧。历史是什么？许多流传的文字未必是真相，反而，一些默寂的黑暗中的"泥沙俱下"才更有可能是真实的遗存。我们现在把沙掺入水泥抹在墙上浇入建筑的任何所需之处，但从未想过这沙可能来自唐宋，可能是来自更远的楚汉之争的岁月。生命之中无数卑微的物件，在布满裂隙的社会语境中，似乎成为了一个一个抵抗现代化的象征，让人在关注当下、关注时代潮流的同时，忽然发现自己有可能忽略掉了什么东西。

"我住长江头，君住长江尾。"江水至下游，泥沙沉积，在南京西侧多出好几个沙洲来，如同一段滚滚而来的情感，遇到内心一个坚硬所在，便安身了，不再折腾。江水渐而转了方向，不再是滚滚长江东逝水，而是调头往北，风尘仆仆。项羽的"不肯过江东"是这样来的，江东子弟也是真正的长江东子弟。历史上的乌江已经退化为驷马河，项羽不肯渡的江水依然如故。这一段的长江西岸被遗忘了太多年。乌江古时有南京北大门之称，北接滁州，东连南京。时代以颜色论高贵，古已有之，秦人尚黑色，以乌字命名一条水系，是一种巧合，也是一种宿命。项羽的乌骓马也没能给他带来最好的运气。四方楚歌声，大王意气尽。项羽之所以为英雄，因为那是个贵族有贵族自信、俗子有俗子尊严的时代。晋也尚黑色，衣冠南渡后保存至现在的地名有两处，江东边南京城南的乌衣巷，江西边滁州城东的乌衣镇，两岸乌衣皆出自晋之士族。

项羽的霸王祠距离吃饭的地方不过三公里，但我还是放弃了去拜访的愿望。朋友问原因，我也说不出，只是觉得眼前的鱼越来越大，鱼鳞如叶，是另一番枝繁叶茂。不远的驷马山古战场似乎还存在着某种命运的回响。王鼎钧先生在《关山夺路》中有句话，特别适合在霸王祠凭吊，"人生在世，临到每一个紧要关头，你都是孤军哀兵。"这是他的人生感悟，适合项羽，也适合所有的人。"生当做人杰，死亦为鬼雄"，这是李清照在乌江写的。

李清照离开南京，没有南下，倒先去了乌江，不知道当时是怎样的情形。反正这一句慷慨之诗成了对西楚霸王的纪念，被人无数次引用。照中国传统习惯，人之别离，意义是非常的，无论指生死，还是指花开两朵，各表一枝。所以十里一长亭，五里一短亭，依依不舍，似乎都想在别离的时刻给对方留下最好的记忆。古人在意"去思"，今人更在意眼前。刷微信朋友圈成了习惯，就不会再有"十年生死两茫茫"的慨叹。项羽乌江一死，便留下一种永恒的"去思"。中国讲成王败寇的时候，实际上还有一句"不以成败论英雄"。

在唐代，乌江出过一位大诗人张籍，南宋词人张孝祥是他的后人。张孝祥，别号于湖居士，高宗时廷试第一名，《宋人轶事汇编》中有一段文字很有意思，"张于湖，乌江人，寓居芜湖。捐田为池，种芙蕖杨柳，鹭鸥出没，烟雨变态。扁堂曰归去来。"有趣的是，因为他尝慕东坡，所以每作诗文，必问他的门人，"比东坡何如"。久之，门人都习惯以"过东坡"称呼他了。女贞观

元宵似是欢游好 何况公庭民讼少 万家游赏上春台 十里神仙迷海岛 平原不似高阳傲 席雍客陪谭笑 坐中有客最多情 不惜玉山拚醉倒

苏轼 木兰花令一首 衛新

宋 苏轼 《木兰花令》一首 陈卫新书

的尼姑陈妙常，姿色出众，诗文俊雅，又工音律。张于湖"以词调之"，不成。后来陈妙常与他的朋友潘德成好上了，被人写成了一出好戏《玉簪记》。昆曲折子戏《琴挑》即出于此，换了服饰的陈妙常，娇俏至极。

乌江人林散之也是一位昆迷。拜黄宾虹为师的林散之属于大器晚成的那种，书法之妙，被尊称为"当代草圣"。我有一张他退休以后给原单位领导写的便条，有关昆曲，信手写来，"戏票怎么办？听说要闭幕了（《十五贯》），望您赶快替我弄四张票，不能骗我。至托。"真的是生动鲜活。字是用铅笔写的，放大了看，轻重缓急，更具风采，如同新书。前几天偶然遇到一位朋友，他说了一件事，也从另一方面证明乌江是个底子厚实的镇子。驷马河两岸，安徽与江苏因河分界，一个乌江镇也被一分为二，所以两地都称林先生是他们的乌江镇人。这是两地对于历史文化资源的重视，也是一个地方行政区属变化的见证。

长江边的鱼，最终还是没有吃完。因为饮了酒，所以那天没有能去镇子里走一走。这里所写的完全是一种想象中的怀旧，于人生并无太大好处。但许多时候，在新的事物并不清晰的情况下，我情愿相信旧的从未走远。乌江之意味深长，不光是其历史悠久，还在于它和一个旧式的充满人格魅力的英雄有了至要的关联。至于一句凭吊的诗，一句缠绵的唱词，一纸随意的手札，都是暖心的小景，可以减少悲壮。古人云，"诗家之景如蓝田日暖，良玉生烟，可望而不可置于眉睫之前也"，想象的怀旧总是这样，我们其实无法与历史靠得更近。

花落水流红

  《红楼梦》里写建筑,是实中有虚,虚中有实的。我以为造园之法,即动静之法。中国园林是以文造园的。大观楼是大观园的主楼,"静花水月"是太虚幻境的一次落实,是脱离了红尘的女儿园。这种静中之动,是微妙的,也恰能动得人心。贾政与一众清客为大观园中的亭子取名,以水为倚,宝玉取"沁芳"为名,让贾政抬髯点头不语。周汝昌先生按语,"沁芳是宝玉第一次开口题名,仅仅二字却将全园之精神命脉囊括其中。既不粗陋,更显风流,不愧文采二字。然细思之,沁芳何义?我谓实即《西厢记》中'花落水流红'之变词也。"《红楼梦》中讲环境莫不是"朱栏白石，绿树清溪"，实则内心深处希望的是"飞尘不到之处"。植物与大观园各处人物皆有对应之处。怡红院有花障，更显幽密，活水源流。花团锦簇，玲珑剔透，充满富贵闲人的气息。潇湘馆，前种竹后种芭蕉，清雅，有书卷气。探春的秋赏斋，描绘最为细腻，小园里前种芭蕉后栽梧桐，隐其命运的潜兆。其室内布置极大气，有黄花梨的大案，豪华的拔步床，充满了士大夫的气息。从符号学的体系来审视，红楼梦无非是"归空"与"还泪"两个主题。每个人心里面都有一个红楼梦，都有一个大观园，角度不同，看到的也就不一样了。

红楼梦叙事的时间跨度为15年，大观园显然是一个非常重要的空间。感世伤己的葬花之境让宝玉或有一悟，"何在何往"。想起以前自己参与设计的一处园林，假山石上有"水流云在"。每个人心中的理想所在，一旦做实，就落寞了，如同"在水一方"应属想象之美。周汝昌先生推断宝玉是娶了湘云的，这史家还的

闺房家俱陈设 图出清·改琦《红楼梦图咏》

闺房家俱陈设 图出清·改琦《红楼梦图咏》

确是金陵城中的大姓,湘云的性格也最像南京姑娘。

有人说,古希腊追求智慧的那种思辨的、理性的形而上学,是狭义的形而上学;而中国有广义的形而上学,这就是对人的生命价值、意义的追求。古希腊柏拉图学园高挂"不懂几何学者不得入内",中国没有这种传统。"中国的'情本体',可归结为'珍惜',当然也有感伤,是对历史的回顾、怀念,感伤并不是使人颓废,事实上恰恰相反。"

以情生道,以情生礼。人生易老,岁月不居。站在上海路路口的高地上,不知往南的前方古道的走向,是不是真的拐向了北门桥,还是沿着当年的河,走向清凉山,走向崇正书院,走向一种"花落水流红"。

酒阑琴罢漫思家

"酒阑琴罢漫思家,小坐蒲团听落花。一曲潇湘云水过,见龙新水宝红茶。"这是被推为"民国最后一位才女"的张充和的诗。有幸,2012年8月上海辞书出版社初版《张充和手钞昆曲谱》,我得到的是有张充和签名和钤章的珍藏本。册页装,一函十册,十分精美。书中有大事记,提及她曾于1936年在南京《中央日报》任副刊编辑,对于南京,她还是有些记忆的。这位合肥张家小姐一不留神成了民国女性最后的代表。张充和是淮军大将、晚清重臣张树声的后人,淮军的创建者李鸿章的后人也在南京生活过。李鸿章的女儿嫁在南京，女儿有个孙女便是另一位民国女性代表——张爱玲。

张爱玲对其住过的白下路"大屋"印象深刻，晚年的作品《对照记》里，对其有较多描绘，也有许多的照片。但那些照片中，我们没有见到她的第一任丈夫胡兰成，也没有见到她的美国先生赖雅。记得胡兰成对于中国建筑是有偏爱的，他在《山河岁月》中写过，西洋建筑受杠杆力学的限制，所以强调柱的作用。又道，"中国房子则是高级数学的，支点遍在……""中国人则有飞檐，便怎样的大建筑亦有飞翔之势，不觉其重。"从建筑角度来说，也许不无道理。但这仅仅是在讲建筑，而住宅建筑更多是与"人"联系在一起的，这种联系的呈现叫作"家"。

那么，家是什么呢？无论是住在白下路的"大屋"，还是胡兰成生活过的石婆婆庵的房子，这些建筑都因为张爱玲的离去，而褪去了"家"的意义。晚年的张充和成了"书法家"，这大约也是她没有想到的。

酒阑琴罢漫思家,小坐蒲团听落花。一曲潇湘云水过,见龙沾水宝红茶。

张充和 《呈贡杂咏二首呈阜西先生》其一 陈卫新书

常常奇怪,自己为什么固执地保持着对民国这般的热情,因为陌生,还是陌生中的那种似曾相识?有些细节不经意间看到,会心中一激。时光总是这样,比我们想象的快,被忽视的平常美好,大多如此。一位朋友七月买了一幅张充和老师沈尹默的扇面,石湖《说虎轩夜坐》之作,是沈字上品,诗云:"白云深处卧痴顽,挂起东窗小月宽。但得好诗生眼底,何须宝刹观毫端,一身莫作观身想,万境都如梦境看。蟹舍邻翁能日醉,呼来兮与一蒲团。"

赏心乐事谁家院

"赏心乐事谁家院"出自《牡丹亭》游园惊梦一折中杜丽娘的一段唱词,那是一曲皂罗袍,"原来姹紫嫣红开遍,似这般都付与断井颓垣。良辰美景奈何天,便赏心乐事谁家院?朝飞暮卷,云霞翠轩,雨丝风片,烟波画船。锦屏人忒看的这韶光贱!"在这"赏心乐事谁家院"之前,其实还有一句"良辰美景奈何天"。这是由感而发问,感的是物是人非,时光流逝。我们可以发现,良辰美景都是向外的,而且是从院中向外去的,这种指向性特别能反映出过去人由内及外、由外动衷的感知习惯。坐在夫子庙前秦淮河边吃饭，是游客心事，也是本地人向往的。连续的雨，让南京成了泽国。似乎是竺可桢讲过，有梅雨的地方即是江南。我想这种关于江南的解释是特别得江南人心的。江南人喜欢水，喜欢怀旧，甚至喜欢梅雨中旧庭院散发出来的陈旧的气息，他们会一边与外地朋友抱怨雨季的麻烦，一边泡茶聊天乐在其中。

沉湎于旧事，看起来总有些颓意。但过去不也有"不为无为之事，何以遣有涯之生"的话吗？古人早就明白生活品质的重要性，他们要看春夏秋冬四时之变的景色，要在城市的东西南北安排或者"编辑"成套系的景观。这些景观不同于私家园林，是大众参与的，熙熙攘攘，俗世繁华。"春牛首，秋栖霞"，是时令意义上的。牛首山是禅宗江表牛头的胜地，周边也有许多南京人的祖坟，一到清明，人流激增，祭祖，踏春，看似两易，其实都是怀旧望新中体悟生命。

在冬季，南京人痴看雪是出了名的。痴人张岱写，"到亭上，有两人铺毡对坐，一童子烧酒炉正沸。见余，大喜曰：湖中焉得更有此人？拉余同饮。余强饮三大白而别。问其姓氏，是金陵人，客此。及下船，舟子喃喃曰：莫说相公痴，更有痴似相公者！"虽是写杭州西湖边的，但似乎更像是南京后湖边的事。万历年间，有南京当地画家画过金陵八景图，其中就有"石城瑞雪"。

过去人虽然不知"城市景观"一词，但他们显然是最懂景观的公共意义的。他们理解景观，尊重自然，并找到最妥当的参与方式和传播方法。细想起来，在中国似乎各地都有"八景"之说，连我出生的小镇也是有的。可想，只要有人聚居的地方，就会有这痴事。南京城的八景，后来多成了四十八景一套，恐怕也是痴人多了的缘故。大观园中芦雪庵联句，宝玉念的是"清梦转聊聊，何处梅花笛"，上接黛玉的"斜风仍故故"，下联宝钗的"谁家碧玉箫"。南京人都知道，这梅花笛就是秦淮河上的一个典故。在"金陵四十八景"中有一处"桃渡临流"，指的是两水交流的桃叶渡，左近有邀笛步梅花三弄之说。雪地之中，以笛寻梅，倒也痴得。曾经看过两个不同版本《金陵四十八景》图册中的桃叶

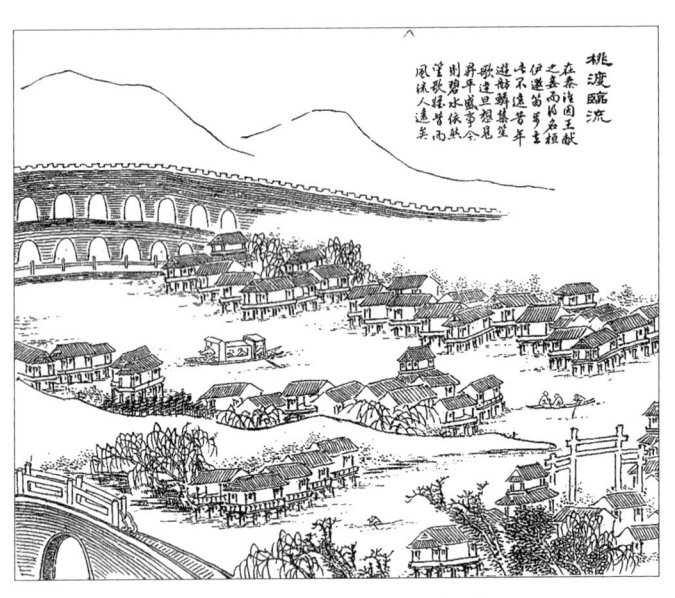

宣统二年《金陵四十八景·桃渡临流》

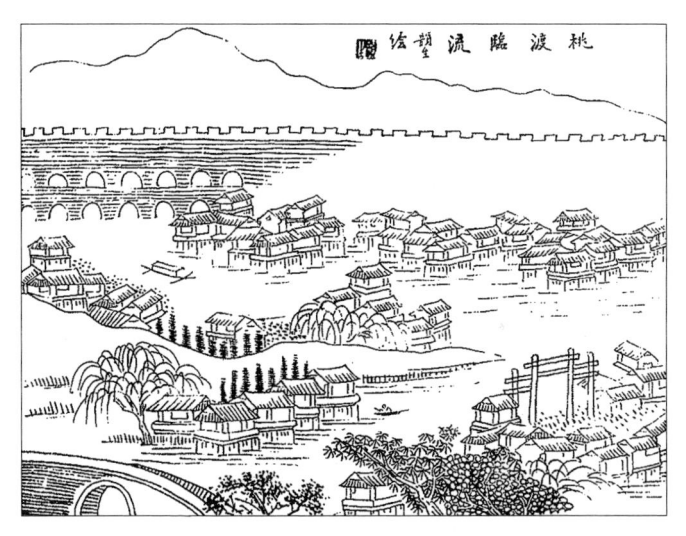

民国九年《金陵四十八景·桃渡临流》

渡，分别是清宣统二年与民国九年，细读比对，发现格局未变，只是桥栏杆没了。宣统本上有题写，"桃渡临流在秦淮，因王献之妾而得名，桓伊邀笛步去此不远，昔年游舫鳞集，笙歌达旦，想见升平盛事，今则碧水依然，笙歌犹昔，而风流人远矣。"看来，这种类似四十八景的东西，对于一座城市的居民是有集体记忆的，是另一种关乎历史关乎审美情趣的传递。

私家宅园内的景观与此类集体记忆的风景是不一样的。宋代的政治氛围相对宽松，文官甚至主持军务，文化精神也普遍追求个性表达，显得自由丰富。造园也都是写自然，写山水精神。明清两代，开始写意，私家园林是在写主人自己的意，这是宅园发展中个体参与度的变化，也是一种私人情感表达的变化。南京的宅园，受太平天国的影响，破坏程度很大，残留的几乎都有重修的记录，有的园子甚至在城市变迁中消失了，再也无人提及。相反，"金陵四十八景"式的城市记忆传递更加有序，也更加深入人心。这些名称与意象作为一套完整的符号与城市的公共景观叠合在一起。遗憾的是，现在城市景观的设计过于局部，过于项目化，缺少内在的文化线索与整体性。也许中国式的自然化景观的褪失，是时代发展的必然，但如果在现代城市化进程中思考一下与城市历史记忆的对应，恐怕也不是坏事。

前些时候在北京，有幸看了故宫漱芳斋一片尚未开放的区域，原状陈设，可以说保存极好。在重华宫乾隆的卧室一时间竟有点感动，那是一个真实存在过的人，皇帝心、书生气在卧室书房随处可见。翠云馆中终于见到了一种"仙楼"，工艺之美，令人叹服。记得有一联，"自喜轩窗无俗韵，聊将山水寄清音"，这样的院子里自然依旧空无一木，此种寂寞，不知道他是如何"养云"的。如果说权力与富有可以让一个自然人实现某种私属意义上的空间情趣，那么一个城市的历史传承与景观特点如何实现呢？

春梦了无痕

"事如春梦了无痕",这是苏轼说的。那天是个什么情况,我没能查到,但苏先生一贯的冷静与热情显现得清清楚楚。在所有的季节中,冬季最为古老,所以古人对于春天的来临总是寄予很多的情感,春梦更不必说了。人不改四时,是对自然天地之敬。感春惜春伤春,计较的其实是岁月流变中的小我。承认了生命之小,也就接近了古人那些题咏的秘密。明代沈周有一次作了十首《落花诗》,引来许多人的和作。沈氏又作十首,再有人和,如此,他又再作十首。已知的唱和者有文徵明、徐祯卿、吕㦂、唐寅，洋洋洒洒，蔚为壮观。世界越大，触心之处越小。这事放在今天看来，依然可说是件趣事。沈周有一句"偶补燕巢泥荐宠，别修蜂蜜水资神"，比拟而至的温暖诗意自然贴切又近深厚。回头想想，写春天写得如此好的诗大多并不是年轻人的，也许是因为青春之中的人未必理解春天之可贵。

春天之好，在于短暂，因为短暂所以才更显珍贵，更为短暂的无非是青春。今天看一微信，说现在国际组织宣布的年轻人年龄标准是65岁，我想这应该算是一种象征派的幽默吧。

南京，因为明清两朝都以此城为江南的政治文化中心，所以这个地方虽不属吴语系，但有昆曲的传统。看昆曲，最常去的地方是朝天宫的兰苑，戏折以公子小姐的情事旧梦为多，那些闺房妆阁便是青春的驻地。后来在紫金大戏院看了一回新本的《桃花扇1699》，李香君与侯方域，血溅桃花扇，如秦淮一梦。忽然领略到佳人亦是时代中的佳人，一笑一嗔不失大义，竟也是与政局关系着的。那新本之中最大的亮处在于舞美，纱帘垂幔，描绘明代秦淮河两岸风光的《南都繁会图》若隐若现。乐师置于后，而不在侧，算是叛逆了。但加上乐师服饰搭配起来，还是和谐得当，颇有胜状。舞台上表现的时间空间都是虚拟的，闺房妆阁即一桌二椅一围帐而已，却又那么耐人寻味。

明清南京的青春女子是怎样居住生活的，不能全尽知道，但在清人画的《红楼梦》绣像、余怀的《板桥杂记》中可以略窥一二。20世纪90年代初，我曾参与过李香君故居的修缮装饰，很显然，那个"故居"只是一个旅游需求的结果，一个附会。"秦淮八艳"是南明社会的一道充满想象力的风景，影响至今的原因，除了时局以外，这些女子各具才情也是事实，而复社诸君子讨伐阮大铖的办公室正是设在她们的闺房妆阁之内，这真是件荒唐又奇妙的事。马湘兰如此，李香君如此，柳如是更是如此，在南明小时代春梦中占尽风流。现在偶尔从秦淮河边过，能见到李香君"故居"河房刷新的红色。一天一天，也眼见得这种红淡去再浓，浓了又淡。后窗贴近水面，如果侧首望出去，文德桥成了望向泮水的一处中景，一个参照物，引人入胜。据说透视一词，来源于意大利式的单词"perspicere"，不知道是谁翻译的，也许是来自早期日本人的翻译，但这两个汉字组成的词，妙绝。在这样的环境里，枕水而眠也是妙的。房子中间最重要的是床。过去，南京床有过盛名，被称作"拔步床"，《金瓶梅》中有着着实实的笔墨描绘。"春绸大褥"，"石青缎头枕"，在秦淮水边的闺房妆阁里有浓艳春情，自然更有南明那个时代所独具的惺惺相惜。

前年得到朋友赠送的一页马湘兰手札仿件，珂罗版印制，有静美意，信是写给苏州王百谷的，"自做小袋一件，縐纱汗巾一方，小翠二枝，火燻一隻，酱菜一盒奉上"，句句言及手边实物，深情款款。过去书上说，"在家不知好宾客，出门方觉少知音"，在没有微信的时代，一纸手书的确可抵千金。同时，也可以想见，当年的闺房妆阁中女红的空间占用。

古代文人生活是绕不开闺房的，是情趣多于物质，注重精神的。柳如是与钱牧斋，一个是妓中花魁，一个是东林首领。国破之殇中若没有真情，伤心何来。事实上，试图在闺房妆阁中实现"现世安稳，岁月无惊"，是虚妄的，更别说柳河东的"政治理想"。柳归钱后，钱曾为其建绛云楼、我闻室。一天，钱对柳说，我爱你黑的头发白的面孔。柳答，我爱你白的头发黑的面孔。这次对话由柳如是作成了一句诗，"风前柳欲窥青眼，雪里山应想白头"，传播甚广。用黄裳的话来说，"倒着实'蕴藉'得很"。有时候换一个时空来观看，可能会发现空间的属性是独立的，又是复合的。在女性读书尚不广泛的时代，当闺房妆阁的主人有文化特征的时候，这种复合性尤为明显。

"秦淮八艳"的闺房妆阁中自然也是有藏书的，房中的书架自然也少不得。书房有别于闺房的，无非更多的书架，更大的书桌。闺房的窗下有榻，便于小憩，便于观听。在南京城南的门西，我曾在一处民居里见过一张清代的小榻，铁力木制，坐框雕"暗八仙"，有暗藏拉伸结构，品相很好。隔墙一侧常常置书架，书架之外便是书桌，也有倚靠南窗的。桌面之上，笔墨纸砚，文玩清供，或有一观。也许还有花笺、八行笺，可以用于书写。书桌上的书写是有仪式感的，讲究起来也是细节繁多。砚山，笔架，水中丞，据说以前还有贝光一说，用贝壳制成用以砑光纸张。这种东西，明代后就少见了。《长物志》里甚至说，"今得水晶，玛瑙，古玉物中有可代者，更雅。"雅真误人。有学者认为中国人对生活的态度本质上是审美的，是享受生活，并不特别看重物质是否丰厚，而是有一点享受一点。这样想来，当年秦淮水边的女子是真志趣的，她们并不以物质丰厚为必要条件，一块卵石亦可作砑光之用。因为过求雅会坏情，多雅常情不真。

吕克贝松说，"只有时间才是真正的度量单位，它为物质的存在提供证明，没有时间，我们便不复存在。"这是典型的西方表述。中国人会说，"白马入白芦"，人与时间是一体的。也许，一个人一件事只属于那个时代，人与事相互证明。她们是这样，我们也一样。

他乡即故乡

他乡即故乡，语出唐人诗句，"年深外境尤吾景，日久他乡即故乡。"现在的我们何尝不是如此，来到一个城市，随着时间的变化，认识城市的角度与深度都会变化，或者越来越靠近，或者越来越疏离，而故乡一直停留在那里。距离故乡的远近成了一种有象征性的感受。这种感受的多少、深浅并不依赖于物理空间上真实的远近，只是一团坚定的、向好的意象，成了"人在旅途"的心理依靠。从古至今，从文学、绘画、戏曲中看去，似乎每一个中国人都是在移动中的。战争、移民、商贸、学仕、贬离、流放，影响人一生的东西实在是太多了。人的一生可以跌宕起伏，经历丰富，也可以非常的简短。但故乡总是一个起点，这个起点可能只是一张烙饼、一捧黄土而已。

但故乡终究不只是一捧黄土，它还是一种情怀，一种由具象的建筑空间生发出来的神圣感。一个再阴暗的小人，也有他的故乡与郡望。住所，是人生的基业。中国人讲究"安居乐业"，有了住所，便不再流离，可以往来酬酢，可以闭门索居。总之，以一个空间换来了内心深处的踏实。选择住所毫无疑问是一种人生态度，古已有之，但有能力完全依靠自己的想法生活太难了。古人在"流动"中，从来不放弃对于故乡情怀的表达，唐代王维的终南山辋川别业可以说是私家园林之发端，是个人情趣与自然山水相互触发的结果，这种地主式的山居生活对王维的影响是显然的。王维擅长山水画，并创造了水墨渲淡之法。他说，"夫画道之中，水墨最为上，肇自然之性，成造化之功。或咫尺之图，写百千里之景。"这种发展，在于对自然山水体势和形质的长期观察、概括与提炼，这是居所带来的最直接的感受。苏轼对他的评价是，"味摩诘之诗，诗中有画，观摩诘之画，画中有诗。"王维有佛心，诗境画境只是表达而已。在他的作品之中，经常可以从小中见大，从已知景象感知无限空间的审美经验。这其中通汇了灵魂深处对于故乡的终极追求。"君自故乡来，应知故乡事。来日绮窗前，寒梅著花未。"他说的是窗前花，也是故乡情。从建筑或造园的意义上来说，他把自然景境中的虚实、多少、有无，按照人的视觉心理活动特点，形象地表现了出来，这也成了后来建筑造园、山水绘画，及至当代禅意空间设计的基础。

唐宋间的绘画，多有建筑山水体裁，画者在其中常常流露出对于人居与自然关系的认识，对于故乡虚拟性的表达成为一种常态。有学者曾提出，传为李思训所作的《江帆楼阁图》应该是一组四扇屏风最左一扇，而非全图。似乎中国人的故乡一定是在自然山水中的，空间由此有开有合，有迎有避。立足处，即怀思起兴之所。建筑的门窗，室内的落地画屏，使空间的分隔更加灵活多变，居住的功能分配与自然山水地形地貌结合度极高。唐宋的绘画史记载过大量可称为"建筑绘画"的作品，可惜多不存。许多研究者发现，若干经典作品首先是作为画屏而创作的。这样的画屏，是建筑空间内的"隔"，是目光远去之间的参照物，而其中绘制的建筑，以及建筑远处的山水，与现实中的建筑山水形成了一种递进。在这种递进中，故乡山水作为一种审美记忆的情感与符号，也渐渐地成了文学艺术中的经典。

我以为，相较唐与五代，宋代文人对于日常生活审美化的追求，是由时代精神、政治模式、生活空间甚至经济状况的改变而促成的，是时代的必然。李泽厚认为，整个宋代，"时代精神不在马上而在闺房，不在世间而在心境。"许多时候，思想比身体更容易跌落深渊。诗意的审美态度从来就不是抽象的，宋代文人在日常生活中的审美需求，不期然间成为了一种伟大的集体自觉。文人乡愁似的山水画的一个重要特征就是在造型上求"简"，那些画中的林木萧疏，简笔行之，点皴率然，远山逶迤似逐日而去，盘谷足音尚在，空气清冽湿润，唯尘世之挂牵无迹可寻。

"王定国歌儿曰柔奴，姓宇文氏，眉目娟丽，善应对，家世住京师。定国南迁归，余问柔：'广南风土，应是不好？'柔对曰：'此心安处，便是吾乡。'因为缀词云。"这是苏轼的记事。为此，苏轼在后来的《定风波》中写道，"常羡人间琢玉郎，天教分付点酥娘。自作清歌传皓齿，风起，雪飞炎海变清凉。万里归来年愈少，微笑，时时犹带岭梅香。试问岭南应不好？却道：此心安处是吾乡。"一句"此心安处是吾乡"，是柔奴之答，恐怕也是苏轼心里的真实话。这样的故乡不在世间，而在心境。

故乡是心里的一处隐秘地。故乡情结是传承至今的一种文化现象，是人与自然的关系，更是人与人的关系。古人心中的故乡、郡望，具有无法替代的神圣性，虽然它并不那么确定。故乡的"当代性"已不局限于某个特定时期，而是不同时代都可能存在对于故乡意义的主动建构。放至当下，也许还意味着人们对于"现今"

的自觉反思和超越。在更新的出现以前,"复古"提供了建构这种故乡当代性的一个主要渠道。

聊寄一枝春

数月前,在南京看一场书画展。展览中有几个很有意思的时间点,让人遐想,其中有公元1083年。

公元1083年,也就是北宋的元丰六年。元丰六年,在金陵城发生过什么事情呢?那一年,散文家曾巩在金陵去世了,他的好友王安石的半山园就在东郊钟山,8月的天气应该挺热的,而且是那种江南特有的潮湿闷热。听到这个消息,王安石的心情如何呢?半山园往东,山道曲折,一直伸向前湖与青溪,伸向更加遥远的寺院。蝉鸣的声音一丛接着一丛,如同东郊的密林。空气之间连一个气泡都放不进去了，随从牵着马，马蹄的声音毫无规律，常走的小路显得更加逼仄。那年，王安石得了场大病，什么病，不太清楚。总之，他的身体由此颓败下去了。从史料及年谱来看，同年，苏轼来金陵的时候曾探望过他。在钟山深处，寺院的钟声幽远而绵长，巨大的树枝上积累着青苔，一切事物，正生发出一层薄薄的新意。在半山园的那个下午，他们聊什么呢？喝的是什么茶？用的又是什么茶器呢？

晚年的王安石，学佛很有心得，我猜想，公元1084年苏轼写成的那首《题西林壁》，或许就起源于他们闲谈中相互激发的妙悟。"横看成岭侧成峰"，是因为身在其中，而"只缘身在此山中"，是要离开那座山才能领会的。那年9月，苏轼由金陵直接去了宜兴，他慨叹"买田阳羡吾将老"了，居蜀山而终老，似乎成了他最后的理想。公元1083年，对于少壮派米芾来说也是个重要的日子，他在金陵拜见了王安石，而后又恰好得到了王献之的《中秋帖》，赏读临写，书法更见精妙。回头来看，王安石

苏夫子 《归宜兴题字》 陈卫新书

人怜直节生来瘦自许高材老更刚曾与蒿藜同雨露终随松柏到冰霜

王安石咏竹一首 己亥徽北

宋　王安石《咏竹》　陈卫新书

居金陵钟山，苏轼居常州蜀山，米芾居镇江南山，似乎都是历史的选择，或者说他们的选择成就了历史。都说江南多山水，在山水之间，在王安石常常走过的路边，修筑一处喝茶聊天的空间，是一件特别合适的事情。

凭几观云。云几，是个好名字，而且是越想越觉得好的那种。云几茶空间是一块坡地，由东南走向西北。前面是钟山茶场的一片茶田，出产南京特有的雨花茶。左侧有数株百年梧桐，绿荫如盖，右侧有梅溪蜿蜒而下，隔水相望，山谷梅花缤纷如云。应该说，云几的设计是一种巧遇，是由一个时间节点生长起来的，是与一个曾居住于此的宋人的邂逅。我年轻时非常喜欢宋人的文字与书法，王安石，苏轼，黄庭坚，米芾，也专门访过王安石居住过的半山园。现今的半山园是清代重修的，因为在海军指挥学院里面，所以难得一见。那天，山坡上只有我一人，树木把视线遮蔽了，看不见头陀岭，看不见梅花山，只是看到窗台上有一只空的可乐瓶，还有一只伏在杂草中的黄猫。

"水流云在",我喜欢这句话,讲的是空间与时间的变化。云几的前院,在靠近溪流的地方,我设计开凿了水池,与原先山上流下的溪水形成了一个整体扩大的形态,我很想通过这种压缩式的扩大,把那山谷十几亩的梅花从心理感受上"借"过来。宋人造园很在乎借来的野逸之气,比如沧浪亭之借水,云几则要借花。恽南田说,"意贵乎远,不静不远也;境贵乎深,不曲不深也。一勺水亦有曲处,一片石亦有深处。"云几需要在首尾相连的动线上,设置一处安静、幽深、旷远的水石小景。叠石那一天,天闷热,因为需要在池中设一石矶,表达水落石出的意思,同时还要控制好形态与出水的高度,我只能跳下池子,以确定准确的位置,如同以拙笔写石。在梅溪左岸,原有一棵硕大的枯树,枯而不死,有新枝从侧后方倾斜而出,绿意盎然,活泼泼的样子让人心动。因为院子入口的退让,在枯树左侧加了一段短墙,叠石倚之,原有的一丛篁竹恰好被隔在了门外,与枯木逢春内外呼应。记得苏轼画过一幅《枯木竹石图》,或许此间也有些相同的意趣。

庄子称这种无用的老树为"散木",真是妙极了。守拙方能好活,这是真理。

设计一处园子,最好要在那里多待上一段时间。站着,坐着,行走着,都可以,这是了解一块土地的方法。在一个虚拟性很强的时空里,不能放弃任何一条线索,因为任何一条线索腾起或者跌落,都是一阵风。书法与园林都是空间的艺术,造园中的平缓疏淡,在书法里叫"蓄势"。王羲之说,"实处就法,虚处藏神",藏神的地方,常常只可意会。山谷里也是这样,溪边的光芒,缓慢地移动,更像是带柄的刀子。收割什么呢,茶叶吗?春天刚刚开始,钟山茶场的牌子已经开始有了锈迹。世事如野马,每一件都有笨拙的蹄子,它们走过草地并聆听泉水的声音,声音回旋而上,更像是草尖上加速的飞虫。中国人喜欢由小及大、由近及远的哲学,所以,设计一个隐身山林的空间,一方面,有着关乎世俗的偏见与理想,另一方面,还要有时间交给空间的无限可能,几颗星星或者一群萤火虫。

云几开业后，我总喜欢在下午去，因为贪图几株梧桐树的荫蔽。当然，也可以晚上去的。晚上的云几，缺少边缘，无论时间还是空间，都显得散漫，不能专心，那些边缘随时发出羽毛一样的光。云几院子的石块铺地是刻意留下的，有一块当年修建中山陵的踏步石，被特意设计改成一个花台，放置盆栽花卉，以喻手指下的四时之变。很久以来，总是希望在设计改造的项目里留下点过去的痕迹，我相信熟悉这个空间的人再站在这些有生命力的石块上的时候，会在内心的深处发出一声细微的感叹。人太渺小，人生之路，每一个前行的人都怀疑新鲜的小路，但又总是相信捷径。这很可怕。有一天，为云几写了几行诗：

跳跃的颜色属于蝴蝶，

蝴蝶的翅展属于黑夜，

黑夜属于凉快的手指，

凉快的手指扣动板机，

如同穿越一片荆棘。

松软的初夏，

有枝头挂果的份量，

从大铜银巷步行至石象路，

一对骆驼端坐在各自的阴影里，

等待一颗果子在黑夜里落地。

    这些文字就是一种行走带来的空间感受。我不喜欢在项目里用昂贵的物料，我相信，充分利用原有的存在就是一种生机。我怀疑用照片能表达的空间，我相信人行动其中的真实体验。一位偶然相遇的过客，他不会知道一座山或者落日消失的方向。从时间之中的空间概念来说，假如，紫金山依然还留有几个自然村落，山道上的那团红色的光晕是不是会更加饱满呢？

    有人说设计就是巧言令色，我无法认同，也无法否定，我只是想起一句诗，"江南无所有，聊赠一枝春"，这句诗是高明的

竹裡梅花相并枝 梅花正放竹枝垂 風吹抵向竹枝上 directly 是王家雪下時

唐人竹裏梅一首 己亥衛新

唐　刘言史《竹里梅》　陈卫新书

巧言令色。公元 2017 年的夏天，有朋友从远方来，我说，如果你恰好喜欢云几，我更愿意你在梅花开放的时候到达。

灯随录

1

"桃花太红李太白，诗书可诵史可法"，记得王鼎钧先生的文字里提到过这副对联，因为联中借用了史可法。少年时去史公祠门前写生，往往画不成画，路边上吃碗豆腐果豆芽汤，然后走去对面的古籍书店买打折书。对于我来说，"史可法"首先是绿荫之下一条深深的河流。桃红李白，是讲颜色的，是情感，是一种人情练达。读书，法史，是讲道理，是规律，是一种世事洞明的能力。从前爱读史，但是不爱看写人物的，大人物一写就假。

远不如身边人物的桃红李白,写照真实。

早上吃饭,有人说,所有的胖子都曾经瘦过。当然,得承认这可能是个事实。累积感是历史的第一特征,读史,最好先把它看作是"瘦"的。那些"肥"出来的,过于累赘,过于夸大。

读史有好处,可以让人保持一种清醒与平衡。比如菜过咸了,饭后的茶正好淡,这样你就不会有幻觉,觉得你做的那点事有多重要。对于历史来说你只是顺应潮流而已,虽然潮流未必都对。历史上有两件事是有意义的潮流,一件是大航海,一件是网络,都是人类"交流意义"上的突破,连接此大陆与彼大陆,此文化与彼文化。顺潮流而去,可以占据土地,可以放逐囚犯,可以海淘一支牙膏,也可以颠覆一个政权。中国人懂"势利"二字,所以时代永远不缺"弄潮儿"。在潮流上面舞旗子,好看。京戏水漫金山里面有许多轮番舞旗子的,但我们只记得一言不发的法海。所以苏轼说,"住在潮头来处,渺天涯。"

读书是永远的潮头。夸张一点讲,人可以没有知己,但是不能没有书读。读书有趣，读史书更可以让人觉得丰富。这种丰富很奇异，似乎最接近于不同时代的人生。

2

黄仁宇先生说过一段话，大概意思是讲20世纪末，其最显著之特色已经不在阶级斗争，也不是新教伦理，而是负债经营。国家在负债经营，所以国民也要会负债经营。负债经营，糙一点说就是借钱做生意。不借银行的，合伙做生意也是一种方式。明代有本关于珠算的教科书，叫《算法统宗》，出的题目都很有意思，比如"今有赵钱孙李四人合商，前后付出本银，赵一于甲子年正月初九日付银三十两，钱二于乙丑年四月十五日付本银五十两，孙三于丙寅年八月十八日付出本银七十两，李四于丁卯年十月二十七日付出本银九十两，四本共银二百四十两，至戊辰年终，共得利银一百二十两，问各该利银若干？"古人算术真好！我是做不出这题的。古人合伙生意全因为熟识相信，听说现在有一种合伙生意叫众筹,众筹靠什么呢?只有几个不太靠谱的PPT。实话说,我不太相信有众筹这件事,说到底,中国人做生意,最起码的要解决好伦理道德问题。关于这一点,恐怕现在没有人敢为他人拍胸脯。

今天回看,宋时王安石的经济政策就不是道德问题,应该还是技术问题。后来定都南京做了半山园邻居的朱元璋曾说,"宋神宗用王安石理财,小人竞进,天下骚然,此可为戒。"讲小人竞进,的确有点过了。倒是明初的经济政策过于保守,显出朱皇帝农民出身的局限性。

历史终究是历史,伪的有,但真的也假不了。《醒世恒言》中《施润泽滩阙遇友》,称苏州吴江县盛泽镇"那市上两岸绸丝牙行约有千百余家"。但查看一下乾隆《吴江县志》,其中称盛泽明初居民只五六十家,"嘉靖间倍之"。所以在文学作品里找出经济样态是可能的,找出的数据却未必可信。数月前,读格非新书《雪隐鹭鸶》,谈金瓶梅的"声色与虚无",若干有关的声色考据值得推敲。在我看来，这可能还是作者内心对于表达"虚无"的一种需要。

3

中午偶然翻到一页酒令牌，纸牌上画的是蔡经。按照过去的规矩，抽了牌的人要先饮，然后全席猜谜。画中题写的文字中有"黄金之鞭着其脊。"什么意思？查了一下，据说此君是王方平的学生，因为见到麻姑美貌，兴奋不已。高兴也就算了，他忽然间就觉得麻姑的手好看，他想以后如果后背痒，这样的手就可以为他挠挠了。师父王方平有可能也这么想过，所以一下子就猜出了他的想法，使人执黄金之鞭着其脊。好悬，幸好蔡经没有想过其他的什么。

喝酒，其实是挺有意思的一件事，有酒令当然也是好的。可惜好些人不懂其妙，拼着力喝，浪费了许多粮食。下午，去学人书店，没什么特别的，远远的，看到一本《龚自珍全集》，但没买。想起来上月碰到一位在做清诗集注的老师，他谈起清诗时满眼有光，觉得清诗中有许多诗水平极高。当然，其中应该是包含这一位定庵先生的。记得以前看过写定庵老先生的"丁香花公案"的文章，曾经沸沸扬扬，够得上骇俗的。其子龚橙，号"半伦"，自言只爱小妾，说君臣、父子、夫妇、昆弟、朋友之伦都没有了。"奇才"一个。现在有许多证据都指向他，他应该就是祺祥政变之前，引英法联军火烧圆明园之人。迄今最详细的考证是谢兴尧的《龚孝拱与圆明园》一文，原载《子曰丛刊》（1948年8月）。到底是不是？也不重要。我不是研究历史的，只是想，身边也的确见过类似这样的人。

最近，手上正在做一项目的设计，策划部门拟在广场上摆放圆明圆大水法十二生肖兽首，每一个都有灯光的照耀，围了红绳，供人欣赏。以后穿行其中的时候，有人可能会想起圆明园翻掉的石雕，有人可能会想起龚自珍的儿子，还有人可能会想起一柄高悬脊上的黄金之鞭。

4

假期,读书是最好的选择,此外也可以去与朋友聊天。两件事有共同的特点,一是没有负担,二是随时可以停。

翻到一本十几年前的册子,《苏州历代名园记合苏州园林重修记》,内容都是园记,近两百篇,印数只五千册。记不起何时买的了,总之买来并不太久,因为是在一堆没有读过的书里翻出来的。当然,也有可能是哪位朋友转赠给我的。想不起来了。时间就是这样,如果你当时不记得,以后就补不上了。

书中最早的一篇是唐元和十三年令狐楚的《周先生住山记》,另有几处如沧浪亭、狮子林、拙政园等,都有不同时间的多篇园记,最多的有十次,可见每一次园林易主大修的过程。

园记除了文学价值,其实多数是有史料价值的。俞樾为自己的曲园写的《曲园记》,文字有韵律,特别有空间感,读着如同走了进去。主建筑名曰乐知堂,"堂之西,为便坐,以待宾客,颜以曾文正所书春在堂三字。""春在堂后,连属为一小轩,北

《园庭画萃》

向，颜曰认春。"妙极。春在堂于前，轩中认春，取意白乐天的"认得春风先到处，西园南面水东头，"甚至连方位都与现场一致。这是俞樾的功力，换了旁人就不易如此妥贴了。因为买的是一块"废地"，所以俞樾的"设计能力"显得格外引人注目。我感觉他完全是以文学的方法往前推进造园的，换句话说，现在看他的园记，如同看一本蓝图。

认春轩北，屏以小山，杂莳花木，山径小有曲折。他设定的路线由东南入，东北出，很合曲折之意。设"达斋"，他自言"曲园而有达斋，其诸曲而达者欤！"曲园有水，水上有亭。水为"曲池"，亭名为"曲水"，水一直"循廊而南"，至春在堂西侧结束。水口隐得极好，春天在侧，所以身在其中，隐约有水声最好。俞樾特别在意"小而曲"中的对比度，从文中看，建筑面积的控制也是恰到好处。"曲"的妙处在于首尾的呼应，以曲水亭对回峰阁，以达斋对认春轩。再看看他的收煞，"艮宧则最居东北偶，故以艮名，艮止也，园止此也然。"园林之妙，身在其中，意在其外。

曲园的秘密藏在最后的时刻,我似乎都能想见曲园老人得意的一笑,"艮宧南有小门,自吾内室往。可从此入,则又首艮宧,艮固成终成始也。"小中见大,最高的境界在于生生不息的循环。

人生如寄,在假期里能读到这一篇园记,真是大乐。之前买过一册民国珂罗版俞樾的手书诗稿,现在回想,也是一种缘分。曲园虽然没有去过,也胜似去了。许多事物,大抵如此。

5

现在的菜场相较以前,真是好得太多了。地面基本上干净,没有污水,只是空气中的气味没变。卖水产的依旧用厚厚的黑色塑料袋,卖肉的依旧喜欢把光换成带红色的,灯光下的猪肉就像刚刚宰杀的一样。但这样的光并不只对着猪肉,卖肉的人也正站在其中,笑意盈盈。我买了两根肋条,这样小的排骨用白水煮了就会很好。卡夫卡讲过一句类似的话,"过了某一个点,就无法再回首。我们必须达到这个点。"这个点对于煮一锅肉,意味着什么呢？

卡夫卡有忧郁症，是个素食主义者，这既有健康方面的考虑，也有伦理方面的原因。有意思的是他的祖父就是位职业屠夫。有人考据说，工业用安全帽是卡夫卡发明并使用的，不知真伪。其时，他正在一家工伤保险公司任理赔经理。卡夫卡经常去一个裸体天然温泉，但他拒绝脱下裤子，所以他就显得尤为突出，其他客人把他称作"穿泳裤的男人"。穿泳裤的男人敏感、脆弱，时常会感觉全身发痒，他在吞下食物前，必须咀嚼45次，不能多，也不能少，不知道有没有效果，但肯定这需要很大的勇气。我不是素食主义者，喜欢吃白水煮熟的猪肉，蘸着酱油调料吃。45次咀嚼是用不上的，用多了，吃到的就少了。

这几天的天气一阵热，一阵凉，没法穿衣服。袖子也是一会卷起来，一会儿又放下。但衣服总是要穿的，就像要有房子住。那些变来变去的关于买房的通告也是天气，难得稳定。政府所有相关的表态，也是一会儿撸袖子，一会儿又放下的，一点仪式感都没有。不严肃。

之前，在家看书，书上讲大约17世纪的时候，有位杜亚来夫人写过一本《西班牙旅行记》，说西班牙皇帝如果在夜间要去皇后的寝室，必须要遵守一种仪式，这种仪式就是要求皇帝陛下独自一人，身穿睡衣拖鞋，一手持盾，另一手臂下挂一小瓶（溺壶），再拎着一只灯。如此累赘亦艰难地走向皇后的寝室，这种规矩在同时代中国，恐怕是绝不可能的。在古代，欧洲男女欢爱之前后是要祷告的，现在他们大概认为食欲远比性欲重要，所以只是在进食前保持祈祷，其他的就免掉了。

吃饭是人永恒的追求，有房子住也是。排骨已经煮在锅里了，总是会熟的，不必过于忧虑。现在，要去找一款合适的酱油。不管怎样，我还是想说，做皇帝恐怕有点辛苦。

6

喜欢绍兴，喜欢绍兴的酒。绍兴的底子厚，所以绍兴永远是微醺的,一句"山阴道上",就足够让人想象那种气韵了。绍兴人中有几位我很喜欢,除了张陶庵,除了周氏昆仲,还有写了《说园》的陈从周。江南多的是园子,绍兴有沈园。沈园的名声,是与南宋陆游联系在一起的,陆游的《钗头凤》一词传播甚广,地方文献及至《古今图书集成》这样的类书都有记载。古记沈园位于禹迹寺南、春波桥旁,在清代的时候,那个地方还有沈家的后人居住,存有葫芦池、古井与土山三个宋代的遗存。遗存这类东西,并不在乎多,有时候,只要一点点,那种真实的时代感就会涌现在你面前。

1991年夏天,我曾经去过沈园。去的时间刚好是上午,才开门,几乎没有其他游人,可以说,没觉得有什么可看的。也可能是我的能力还不够,反正现场一张照片都没拍。印象中嵌了碑刻的残墙,气息还不错,墙上有苔痕,自然沉静,没有丝毫做作的感觉。中午在小小的咸亨酒店吃饭,坐在老板凳上喝酒,不提防黄酒的后力,喝过了,扶着门前一棵乌桕树,醉了许久。

沈园当时已经完成了实地考古发掘，许多地方依旧围着，不让进去。考古是由东南大学潘谷西先生提议的，过程中发现原来的水面远大过明清时期的。明清时期的建筑许多来自假想，并非宋时的风貌。项目后来经过修缮与整理，基本恢复了宋时水池的形态，保留了旧园，也增添了一些建筑。

宋代园林风格与今日所见的许多园林有相当大的差异，不仅仅在建筑形式上自然疏朗，常常是树多屋少，更显萧瑟。园中主厅"孤鹤轩"的修缮，结合了现场的考古发现，不仅仅依据《营造法式》，还根据遗物中的垂脊、套兽，恢复了歇山顶的建筑形式。冷翠亭、问梅槛、八咏楼等，虽形态各异，但气质上皆俱宋代风韵。

由此，我想起了苏州的沧浪亭，想到了宋之前的唐。唐朝真的是不干净的，从开始到黄河边的屠杀，全是宫斗党争。这种盛世是滥情与滥权的盛宴，筷子一旦放下，脸色就变了，酒杯也碎了，红浆四溢。而宋代除了"盛宴"，似乎多了一个好处，文人

移家雖帶郭野徑入桑麻近種籬邊菊秋來未著花扣門無犬吠欲去問西家報道山中去歸時每日斜

皎然尋陸鴻漸不遇 己亥衡竹

唐　皎然《皎然寻陆鸿渐不遇》　陈卫新书

开始广泛地介入军事、政治，并且文化艺术也真正进入了平民时代。高贵、雅淡，又接得上地气。这一点，我们从宋人的审美情趣中不难发现。

曾经有人以为沈园修复是对日式园林的效仿，讲这话的人似乎忘记了，日式园林许多样式就是由唐宋而来的。园林在晚明发生的变革，早已让我们忘记了中国园林的历史厚度。很巧，眼前正在设计一个小酒店，这也是我第一次从建筑开始，完整地设计一个酒店，希望能把我对于园林的一点点认识用进去。

7

喜欢南京下雪。或者说南京人喜欢看雪。

有一年，春节前一天忽然下起了大雪，我与几位朋友赶去牛首山上的弘觉寺喝茶。当时，山上那个好大喜功的项目还没有做，山顶上白雪茫茫，干净无比。茶是岩茶，水是后山岩下取来的泉水，隔着木窗，看雪飞临，雪花一片一片地穿越过窗格落在地上，悄无声息，虽然天气很冷，但分明连脚心都觉得是热的，那是一种身临佳境的感动。

这些年，南京的雪是越来越少，也越来越小了。约了老同学在柴门喝茶，他迟到了。他进来的时候，我正托着腮帮子往嘴巴里送面条呢。牙疼得张不了口，像是被什么人的一句狠话堵住了，想回几句，又找不到词。听说用猪尿泡烧成灰涂在腮帮子上，可以治愈，但这种天气哪里找猪呢？雪越下越大，之前与老同学聊到 1990 年我们开过一门课，《回顾与思考》，我一点都不记得了，他记得倒是清楚。他站在雪地里，像一个政治人物，会回顾也会思考。他说洋葱的外皮有七层，说完他就一层一层地剥了。往事在下雪的天气里又硬又滑，抓不住，讲不清，只留下一点刻薄的气味，在炭火的上方一闪而过。

8

扬州，天生的月亮之城。1993 年，安徽文艺出版社就出过一本《歌吹月亮城》。央视的中秋晚会如果选在扬州举办,可能会更有味道。最起码,假若节目看不下去,一桌菜是吃得下去的。昨天尝了块新鲜出炉的大麒麟阁鲜肉月饼,妙极了。

说扬州的月亮好,如同说外国的月亮圆,并没有什么拿得出手的证据。但在扬州,有许多唐人写的咏月诗。地方上的著名诗人张若虚写的《春江花月夜》,可谓是壮丽之美,只读一句"海上明月共潮生",便觉世事人生开阔无比。汀上白沙,江天一色,有什么倒头事能超越月亮呢?扬州的夜色,从不会因为阴天隐月而少了风采。扬州的杜牧书记在蜀冈看月亮,看的是惆怅之美的月亮,所以青山隐隐水迢迢秋尽江南草未凋了,二十四桥明月夜玉人何处教吹箫了。所以后来南宋词人姜白石经过扬州也冷冷地说,"二十四桥仍在,波心荡、冷月无声。"杜书记另有一句,"谁家唱水调,明月满扬州",可见杜书记是有娱乐精神的,扬州的月亮也是自带背景音乐的。

另一位诗人比较牛,扬州城的徐凝门,是以他的名字命名的,也是古城的十二城门之一。中国古城中以诗人名字作为城门名字的恐怕只此一位，这样诗性的古城，恐怕也只有扬州。徐凝说扬州月亮是多情之月，"天下三分明月夜，二分无赖是扬州。"唐人陈羽也有一首写月很好的诗，《广陵秋月对月即事》，不广为流传，但并不影响它的好。"霜落寒空月上楼，月中歌唱满扬州。相看醉舞倡楼月，不觉隋家陵树秋。"句句含月，月光之下的隋陵秋树不知有月只知霜落，远远地傻傻地站成一片，像是被人误解的样子。隋陵的最新发现，并没有改变诗本身。

赞美一座城市，最好赞美它的月亮。就像以星座判断一个人，月亮有时比太阳更重要。

9

第二次至山西，距离上一回仅仅三个月而已。当年读书时就一直想来的地方，转眼三十年了，这才姗姗来迟。所以内心总有一种愧疚之感，带着这样的心情游山西，难免会看得认真一点，想的也就多了一点。

下午，又住进了崇宁堡，这次来，刚好遇到山下村子里有人家做白事，请了一个班子唱山西梆子。乐声嘹亮，远远地传过来，就像在眼前唱一般。山西的音乐真的很厉害。

入住前先去了浑源县的律吕神祠，据说原先是祭拜音乐神的地方，现在是座小小的龙王庙。大殿中壁画为清代民间画工所绘，构图杂乱，但用笔率真、煊丽，颇有趣。尤其前后四幅独立的图画，更显出壁画构图形式的传承性。左侧的"龙王归宴图"，我以为不确。感觉画意指向的是水厄神君，此处与南方两两相对的另一幅三眼神像应为二郎神君，也是民间常说的主水之神。

水厄一词，古有之。落水沉舟之水厄以外，饮茶也在其中。晋代王濛，官至司徒长史，他特别喜欢茶，不仅自己一日数次地喝茶，有客人来，也一定邀客同饮。因此，去王濛家时，大家总有些紧张，每次临行，便戏称"今日有水厄"。《世说新语》里原文是这样写述的，"王濛好饮茶，人至辄命饮之，士大夫皆患之，每欲往候，必云今日有水厄"。图中一位巧笑的女子后面，靠近立柱一侧撑着灯笼，上写"茶口祠"三字，中间一字看不清楚，让人捉摸不定。如果是茶厄倒也有趣了，制茶饮茶之误，可称茶厄，茶厄是水厄中第一厄。明代沈德符《野获编补遗》中记，"茶加香物，捣为细饼，已失真味，宋时又有宫中绣茶之制，尤为水厄中第一厄。"民俗化的壁画中倘若真是如此刻意设计，也算得上大俗大雅了。

此物清高世莫知世人饮酒多自欺愁肴毕卓瓮间夜笑向陶潜篱下时崔侯啜之意不已狂歌一曲惊人耳孰知茶道全尔真惟有丹丘得如此

唐皎然《饮茶歌诮崔石使君》 陈卫新书

越人遺我剡溪茗探得金牙
爨金鼎素瓷雪色縹沫香何似諸
仙瓊蕊漿一飲滌昏寐情來朗爽
滿天地再飲清我神忽如飛雨灑輕
塵三飲便得道何須苦心破煩惱

燈火流年

大戏院

小时候,因为在剧团住过几天,便一厢情愿地喜欢上了戏剧。记得在大华大戏院看过一出京戏,《十八罗汉斗悟空》,舞台的奇境妙幻,悟空的能力之大,让我印象深刻。各样的罗汉,长臂的、高足的、喷火的、弄绳的,依次上台,都不能伏了悟空。最后关头,似乎是佛祖光芒四射地出现,才平了猴子的气焰。也似乎是那一次,我知道了京戏里佛都是金面的,如同一片光,有神秘的力量。南京的戏院都有着类似的光芒。

大华大戏院的门面是金黄色的,打磨精细的水磨石,灰黑

1938年《美国国家地理》南京专题的插图

色的收口。门头两侧的圆形转角，对称性的线形装饰略带了些 Art Deco 风格。建筑是钢混结构的，1936 年建成时，设施、规模，加上杨廷宝先生的设计，真算得上当时第一了。那十年，中国的经济发展是有数据可查的，南京的道路、绿化、新建的公共建筑都使城市的样貌变得有些国际化。但这样的国际化是有中国味道的，也是南京民国建筑之所以有魅力的地方。爱听戏的老人们常说，南京是个大码头。相继建成的大华大戏院与世界大戏院（延安剧场）、首都大戏院（解放电影院）、新都大戏院（胜利电影院），甚至一并被称为南京的四大戏院。当时的台上台下，幕前幕后，光彩之处，也是各臻其妙。大华大戏院落成时，有媒体报道，"幕启幕落，如日出入。四只喇叭，放播万声"，文字真是写实。记得京戏里面净角胡子很好看，以前不明白好看在哪里，后来看齐如山先生的回忆录里写，"绺髯，掏扎，胡拉满"，回想一下，形象之极。当时戏院剧场的布置因京戏话剧而时常变幻，可同此妙。大华大戏院是梅先生唱过戏的地方，所以更多神韵，除了舞台，一直喜欢大华的门厅，彩色玻璃藻井，十二根大红色的莲花座圆柱，宽大的水磨石的梯道，其中永远有一种东方感的豪华。只是不知道，那个时候，嘉宾云集，梅先生唱的是哪一出戏呢。

2014年南京的冬季是特别的，第一个国家公祭日，对于南京城来说，是一种迟到的安慰。但回忆终不是为了沉沦于伤痛，而是启示给未来。冬天的雨很细密，寒气能渗入毛孔里。从新街口经过，大路上倒映的都是玻璃大厦的浮光。我看到大华大戏院伏在黑暗之中，安静的，如同一出久未上演的剧目。小的时候，喜欢过这种连续不断的忽大忽小的雨。那时候，正休学在家，常一个人坐着打牌，把牌分成三份，轮换出牌，或悲或喜。病中靠读书与听广播度日，听戏已经算奢侈，何况看戏。但庆幸的是，我看了一些戏，不仅看了《十八罗汉斗悟空》，还看了些其他的。十八罗汉对于悟空，只是小小的磨难而已，没有屈苦，多的是喜乐。

也许，所有的生命都可理解为一根草、一滴水，独立时具象，并列时无形。真实的建筑也是如此，在一座称得上古老的城市之中,存在的价值在于对彼此的尊重,新对于旧,旧对于新皆如此。懂得谦卑,懂得安静地站立,如同黑暗之中,被历史巨人的目光凝视。

假山

前些时候,因为陈从周先生全集的出版,曾应邀写了评,仓促写完,有些惶然不安。想想自己对于园林虽然很是热爱,但从来都是个外行,言不及义总是有的。也许是因为从小生活在老宅子里,所以对落地的院子有着特别的亲切,这种亲切感有时候的确又是可以转换为一种勇气的。

关于园林,南京的自然不逊于苏州扬州,可惜,南京城命运多舛,几毁几建,园林的历史感与人文气息减了不少。瞻园,是南京现存的最早的园林了,修缮工作曾由刘敦桢先生主持大局,所以传承有序。瞻园之美，最妙的地方在假山。假山一词，该怎样解读才好，常常是一个疑惑。古人有"通假""假借"的用法，也有"虚假""假意"的用法，假山的"假"，自然难出左右。有一回，遇到一翻译家，问她假山用法语单词如何能译出其中的含义，她想了想，大笑，终不了了之。

　　瞻园的假山，我私下以为水边的石矶最为精妙，应是早期的遗物，因为风骨真的很不一般。相较来说，园子里的北假山深秀，彼岸平台的对照更显得有山谷韵，可同探幽之境。南假山相较羸弱，主脉从北而下，以雄健之势连绵至此，略现唐突。静妙堂居中，以鸳鸯厅的形式前后相顾，很有些寂喧幽旷的境味。东侧有随势曲行的回廊，可以逶迤而行。假山的峰固然重要，但落脚是丝毫不能马虎的，据说过去评价掇石叠山，首先要看山脚起势的。古人说"园虽别内外，得景则无拘远近。"造园之法，无非以屏远山，以榭近水，以曲折而得韵，天地万物何其相近。站在静妙堂后面的平台上，隔水听去，竟然是几声汽车的鸣笛，所谓的动

瞻园北假山水边石矶

静之分，几乎无迹可寻。就像衰退的蒲草，倒影显得比本身茂盛，枯败与盛开，倒影与真像，谁也不能否认，他们其实很近，近得必须连接一处。园林之美，终究是时空之美，时间，空间，并存。瞻园也有几块名石，仙人，绮云，据说都是花石纲遗物。好的赏石，质地须缜密、坚润，其色调也是沉穆、淡雅的。好的赏石，不仅标志着高贵的品德，更可与文人书房、江南园林淡雅幽静的格调形成和谐的美感。苏州留园的冠云峰、上海豫园的玉玲珑、杭州苗圃的皱云峰都是名石，南京瞻园的倚云峰可以同列吗？

  世间事物，我们常恨一个假字，唯假山可爱。为什么要喜欢假山呢，真山不好吗？古人对自然山水有崇敬心，所以总想亲近，借山抒怀，叠石造园，也是隐于市的一种妥协。陈从周谈及寻景时，引用过清人江弢叔的诗，"我要寻诗定是痴，诗来寻我却难辞。今朝又被诗寻著，满眼溪山独去时。"我觉得园林之中，最难得的就是这诗意，所有来园林的人，都在意传统文化中对"往昔"的视觉感受和审美。来夫子庙的人，大可以再看看瞻园，寻假山无论大小,其中皆可作洞。洞中亦不必求宽,则藉以坐人。如其大小不能容膝,则以他屋联之,屋中亦置小岩数块,与此洞若断若连是也。使屋与洞混而为一,虽居屋中,无异乎洞。洞上宜置少许贮水,其中而故作漏,凉使娟滴之声从上而下,日夕皆此一置身其中者,有不以肓寒生而谓真居幽谷者

清 李渔《闲情偶寄》(居室部·山石篇) 陈卫新书

一寻瞻园假山中的诗意。

晚上,在高丽纸扇上写字,极难,扇骨坚,纸硬,有崎岖之感,落笔如闻街巷人声,断断续续,自古花墙分有内外,如果以瞻园的花墙为界,内外怎么分呢?今对于古,古对于今,生活就在眼前,大家都身在其中,园林假山的古意倒成了"外",张望一下,便满心欢喜。冬夜足够长,花墙那边可做一梦。

赛楼

下雨,窝在办公室里,看一辑 1948 年的老照片,又听了一会儿老唱片。常常奇怪,为什么固执地保持着对于民国音像的热情,因为陌生吗,还是陌生中的那种似曾相识?这样似曾相识的巧遇相逢,如同陷入在街巷里朴实的民国建筑,不经意间抬头看到,可能会心中一激。时光总是这样,比我们想象的快,被忽视的平常美好,大多如此。

不知怎么,就想起了赛楼。赛楼就是赛珍珠纪念馆,在南大老校区里,我喜欢称它"赛楼",这样可以去掉些珍珠的光芒,显得质朴。第一次去赛楼，是夏季，也是个下雨的天，也才知道南大的校园是适合散步的。小楼是赛珍珠和卜凯在南京的家，可以说，赛珍珠的写作生涯也是从这里开始的。客厅、餐厅，窗户都有木制的长窗，加装有外百叶窗的那种，雨水把窗的下半部打湿了，看上去木色深于上部，砖砌窗台浸了水，也多了些沉着贵丽。厨房入口在餐厅的一角，大挑台是个天然的"冰箱"，植物从侧墙探枝过来，新绿滴翠，恍若隔世。门厅的墙上有木制的摆台，悬空安装在斑驳的墙壁上，像一段遗忘的痕迹。我把手扶在那段温润的木板上，表面潮湿的空气一下子收缩了起来。我似乎感应到木纹在白色油漆后面的躁动，扭曲再回复，又缓慢地拉长。我觉得一个健硕丰满的美国女人，在这样一个隐晦的曲折的空间里，无论是坐在高窗下的躺椅上，或是倚在阳台边聊天，那种性格中的直白坦然都会给周围以巨大的压力。赛楼充满了这种气息。墙壁的拐角，因为修缮之前的清理，露出了一个十几厘米大小的猫洞，似乎随时要钻出一只猫来。修缮总有特别的发现，在后来清理的过程中,还在阁楼的角落里,发现了一个巨大的电热水器,很完整,浮尘一去,金属质感又汹涌而至了,也许是因为有木板封闭着才得以保存到现在,真是个奇迹。

看一张照片,听一段音乐,都一样,总会让时间有停顿之感,甚至倒流一下。回看手中的照片,全都是1948年元宵节拍的。那时,美国的"对华援助"已经开始,城南拥挤的街心时常会有突然而至的轿车,挤在人群之中,进退两难,显得那么突兀。在夫子庙的花灯世界里,外国人的目光充满了新奇与疑惑。这是一个充满苦难的国家吗?中国人在苦难中的隐忍与活力,美国人赛珍珠是懂的。那年赛珍珠出版了长篇小说《牡丹》和一本儿童读物,但是那一年她并没有能回到南京。此前,美国联邦调查局为她设立过三百多页的档案,甚至怀疑她是共产党。有意思的是,中美建交后,晚年的她打算访华,但又未能成行,命运与她开了一个玩笑。应该说赛珍珠在文学上是幸运的,1936年,她46岁的时候,便获得了诺贝尔文学奖。当然,在此前两年,她与卜凯离异，并从南京回美国定居了。这个一直把籍贯填写为中国镇江的美国女子，把前半生交给了中国，把后半生交给了中国回忆。

赛楼是安静的，来访者不多，与南京许许多多的名人故居一样。看她的自传，如同平常讲话，"紫金山山巅陡峭险峻，记得七月的一天，我独自爬上峰顶，举目眺望，惊奇不已，山北侧，遍地盛开着野栀子花，蓝中透红，光彩夺目。"在南京赛楼的阁楼上，赛珍珠写作，喝茶，忘眠，一抬头，就能看到她喜欢的紫金山。现在，那个窗口依旧，但再也看不远，没有野的栀子花了，高楼隔离了那些真实的山水，我们只能靠想象力获取那种亲近自然的美好。这种不能远见，如同一个时代的短视。

1路车

年初，从朋友处得到一批民国南京的照片，其中一辑是1948年元宵节的夫子庙，人海花海，民风民俗，南京的城南味真的特别。在这些"乱花渐欲迷人眼"的花灯世界里，偶然间发现了一个"南京市公共汽车管理处"的公交车站牌。站牌是白底黑字写的，1路线，下关至夫子庙。站牌兀自立在马路边上，有点斜着，空气中充满着寒冷又温暖的阳光气息，照片中物体的边缘都似乎是收紧绷直的，甚至牌子上的字也一个一个清晰起来了。有趣的是那些吊满花灯的长竹竿斜倚在电线或电话线上，显

1948年的元宵节　南京

得那么"理所当然"。一群兔子灯,蹲在车站的站牌下,旁边还有一堆轮子,只待安装,那些兔子便要蹦跳着绝尘而去。

晚清至民国时期,南京城的两个热闹处,一个在城南,一个在下关。1路线恰好把这样两个地方连成了一条线。周作人兄弟在水师学堂读书时,把去夫子庙当作"放松"。不过那时还没有公交车,他们的路线也是有意思的。《知堂回想录》中说:"往城南去大抵是步行到鼓楼,吃过小点心,雇车到夫子庙,在得月台吃茶和代午饭的馒头面游玩一番后,迤逦到北门桥,买了油鸡咸水鸭各一角之谱,坐车回学堂时,饭已开过,听差各给留下一大碗白饭,开水一泡,如同游是两个人,刚好吃的很饱很香。"南京城的妙处,他倒是把得很清楚,知道北门桥,一定是很懂南京城的。

记忆中的夫子庙,1路车似乎一直存在着。反正31路肯定是在的,现在的起点与终点依旧是中山码头(下关)至建康(夫子庙)。从照片上看,当时的1路线的沿途站点还是贯穿得很好的，虽然不完全清晰，但大约可辨——"夫子庙－市民银行－中南银行－杨公井－大行宫－新街口－珠江路－鼓楼－外交部－山西路－行政院－海军部－下关"。图片中，市民的表情似乎依然在抗战胜利与春节的欢乐之中。其时，也就是民国37年，那位爱去夫子庙的周作人正在监舍之中，他一年中都不曾作诗，也许元宵节那天他恰好在老虎桥监舍里吃烤山芋呢。"转眼寒冬来，已过大寒节。这回却不算，无言对霜雪。中心有蕴藏，何能托笔舌。旧稿徒前言，一字不曾说。时日既唐捐，纸墨亦可惜。据榻读尔雅，寄心在蠓蠛。"恐怕也是他的内心写照。巧的是一周年后，蒋介石下野，周作人也于1948年1月26日走出了老虎桥。据他的日记所忆，他先是乘了1路公共汽车到了下关的，而后混在一辆出城的汽车里离开了南京，当日，他的心情怎样就不得而知了，他只说，"暮色仓然"。

或许，所有的人事到临了，都难免有此仓然意，"1路车"也是一样。

野菜

前一阵,台湾诗人郑愁予来南京。他回忆1948年前后曾在南京汉口路小学读书,时间很短,印象不深,记忆深刻的,反倒是江边的燕子矶。他说,站在山崖上,看到崖边野草野菜,脚下长江奔流,震撼之极,感觉自然的伟大与生命的卑微,以至于后来写了《崖上》一诗。而今,于燕子矶北望,江中八卦洲上,到处有"旱八鲜"之一芦蒿的种植地,到南京,不吃芦蒿,可能真的是一种损失。诗人在他的诗中说过,"我打江南走过",是的,哪怕是短暂的时光,童年的记忆总是美好的。

回到1948年的元宵节，南京的街头应该有些流动的感觉，除了秦淮河两岸漫延的花灯，还有微微的寒风，显得雪后的空气十分透明。那些日子里，许许多多的人来到南京，也有许许多多的人选择离开，人的命运与国家的命运都面临着一种选择。好在正月里的气氛，欢乐总是多于离愁的，人们在度过最艰难的八年后，回到南京，回到夫子庙寻找自己的存在感。依照传统，春节，甚至整个正月里，南京人都要吃素什锦的，一种纯素的拌菜。街头卖菜的人，显然已经卖光了他的菜，不知道卖的是不是做素什锦要用的菜蔬，也不知道那些刚刚回来南京的人，有没有一家人围坐，吃到这喻意吉祥平安好兆头的什锦菜。自1946年5月1日宣布"还都令"，从重庆返回南京的人，分了许多批次，有些人因为匆忙，行李中根本没有冬装。南京过冬的物资紧张，年前，下关一带甚至发生过地方与军队争抢棉花的纠纷。

好在野菜是不紧张的，城外、湖边、院子里，随处可生，而且都长得好。南京是有吃野菜的传统的。除了南湖沙洲一带的"水八鲜"（菱角、茭瓜、藕、莲蓬、鸡头米、芋头、茨菰、茭儿菜），苜蓿头、马兰头、豌豆头、枸杞头、菊花脑、马齿苋、荠菜、芦蒿这八种野菜，一直被南京人称为"旱八鲜"。过去，城里山水形态极好，闲空地也多，随手就可采摘，街头也有人挑卖。袁枚的《随园食单》杂素单有记，如"马兰头菜，摘取嫩者，醋合笋拌食。油腻后食之，可以醒脾"。如此多种，野菜的美妙，让人怀念。太平天国时候，南京被围城多日，也多亏了些野菜，养活了一些城市居民。此后城中大户宅院毁损较多，而在这些空地上长出的野菜特别肥美，据说旧王府一带长出的野菜就特别好，这是城市之中种菜的传奇。

我想，野菜之好，在于那个素字，当然好野菜也不全是为人解腻的，对于南京人，或是由南京经过的人，野菜可能含有的就是一座"山水城林"城市的信心，是一种富贵易得、素心难求的执着。我相信过不了多久，南京的市面上还会能买到最当季的天然的"旱八鲜"，当然，这是朴素又美好的希望。

扫雪

1948年的元宵节,肯定很冷。在此前几日,南京刚刚下了场大雪,雪是停了,积雪还在,汽车车身上面厚厚地披了一层。清洁路面的工人们在用自造的工具清雪,雪被一堆一堆推至马路的两侧,空出的马路上,余留着一些残雪,公交车从弯道驰过,车后便多了两道湿漉漉的痕迹,这似乎是一种预兆。远远的路边上建筑显得有些陌生,就像从来都没有见过。我无法准确地判断出这是哪一组建筑,但道路与建筑在冬季落雪的映照下,显现出的都市的落寞,让人感怀。

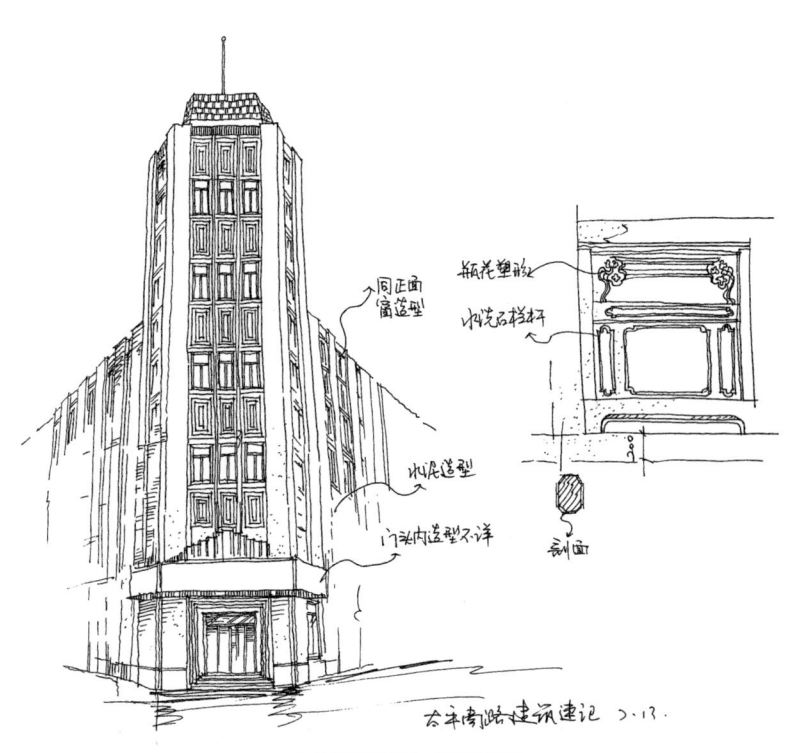

太平路建筑速写　陈卫新手绘

南京城南的民国建筑，有特点的在太平路一线。这条著名的商业街，本来还是有些质感的，圣保罗堂，中南银行，中华书局南京分店等等，加上许多两三层高的小店面，层次很丰富。我曾经在娃娃桥入口的路边，拍摄过一幢转角小楼，三层，沿街的窗户都是落地木窗，窄窄的阳台，铁艺扶栏，气息非常淡定，只需要加固并简单地收拾一下，便会有很好的观感，也会很利于现在的使用。很可惜，现在七零八落拆了不少，整体风貌与肌理很难恢复了。历史就是这样，靠的近时往往不以为意，离开远些又不知如何是好。历史风貌区建筑的感受来源于它自身的形式，视觉的出发点再好，视线范围内没有好的对应建筑，也是一种大遗憾。

若干年前，维克托·雨果就说，"建筑注定要走向没落，它变得枯竭，衰弱，被剥光了衣服。"我以为，这句话放在哪一个时代可能都是一种先见。民国及以前的建筑常常附加的含蓄的深意的表达，渐渐丧失了，形式更加抽象有利于表达空间利用率，混凝土与玻璃的大量使用也改变了人类有关居住的思维方式，包括现在更高更新技术的应用，建筑艺术的崇高感似乎也更趋向于技术了。想来，人心中的征服欲望多么强烈，城市需要发展的空间，"弱水三千只取一瓢饮"，在一座欲望都市里，只是传说而已。

有人说，人类文明的两个载体，建筑与书籍，从某种角度来看，似乎都已经走向末路了。1948年的南京城南，状元境与太平路花牌楼，还有许多书店在，可以说书香之城余韵尚存。淘旧书的人需到状元境，想买新书的就要到花牌楼了。翰文斋、保文堂、萃文书局、庆福书局、文库书局等等，也都是当时的名店。太平路原中华书局南京分店，现在的古籍书店修缮了，但孤单得很，书市总是要群聚才好。雨果真是个悲观的预言家，他还认为"人类的第二座巴别塔"——书籍，有朝一日，也会倒塌。谁知道？谁都不愿相信，但总有人讲真话。我们也许注定要在倒塌的灰烬中体验新的感知力量了，但这个时代的人应该留给后人什么样的记忆呢？看老照片中的人扫雪，有时候会产生一种错觉，总以为身处其中，但我还是相信那些雪没过多久，便从路边上消失了，融化了。算算时间，不过六七十年。

关于元宵节的照片

1948年的元宵节，是什么样的？在没有这批照片前，我实在是难以"准确"地想象。在秋季来临之前，我一直抱怨天气的炎热。南京在这个夏季几乎一直保持着30度以上的高温，但相较浙江奉化的42.2度，又显得"凉爽"了许多。1948年的温度如何，谁记得呢？1946年5月1日，国民政府正式发布"还都令"，宣布于5月5日"凯旋南京"。那几年的南京，似乎一切都顺利，又似乎一切都混乱。人们喜悦，但又陷入深深的恐慌。1948年11月13日，号称"文胆"的"总统府国策顾问"、首

1948年的元宵节 南京

1948年的元宵节　南京

席秘书陈布雷自杀。1949年元旦,共产党的新年献词是"打过长江去,解放全中国"。数月以后,辽沈战役、淮海战役接连胜利,国民党的南京政府岌岌可危。1949年1月21日蒋介石宣布下野。1949年的4月23日,解放军渡江胜利。

在这批1948年的照片里有玩斗嗡的,有药店,药店外有福民砂眼药水灯箱。有看奇人怪物、杂耍幻术的,有卖荷花灯的,卖兔子灯的,扎灯的手艺人拱着手,站在一根木制的公共汽车站牌旁。军人与学生在一起玩套圈的游戏。茶楼是夫子庙最多的。有骑着三轮车的,有铲雪的,有卖报纸的。前一年,傅斯年曾连续发表了三篇有威力的檄文:《这个样子的宋子文非走开不可》《宋子文的失败》《论豪门资本之必须铲除》,一时朝野震惊,群情激奋。作为"首都"的人民,自然是要多一些激愤情绪的,这似乎也是传统。当时的监察院由此派员彻查"黄金风潮",新任行政院长宋子文不得不提出辞呈。有卖气球的,卖白兰花的,卖面人的,魁星亭总是挤满了人。巷子里有理发店与养鸟的店,远远的，电影院像一个神奇的魔力世界。

在靠近城墙的地方，有表演南洋金花大蟒的杂技班，有吹泡泡的闲人，有逗鸟的过客，有好莱坞明星一样的外国人，那辆被困在人流中的黑色轿车，车号是00385，这会是谁的车呢？放在现在，"人肉"一下可能会查到，非但查得到，可能连司机家的小舅子是谁都能查得一清二楚。照片中的两位女士显然已经逛过了灯市，她们表情略带讶异，也略带疲惫。一个买了莲藕灯，小的，莲藕灯要小的才更显精妙；另一位买了个鱼灯，这鱼看相不善，齿牙如锯，倒像是热带鱼，或说一种食人鱼。反正她举得高高的，忐忑的样子。远处那男人，长得不错，衣裳也好，越过车顶，可以看到更远的无敌牙膏的广告。那些霓虹灯让人忘记了烦恼。

路边，有看手相的，拉黄包车的，喝馄饨的，似乎所有围观者都把表情停留在一个错愕的片断，一晃70余年。

学艺集

1

前几日，从黄山的项目返宁，途中住太平湖畔。时间刚好是傍晚，远山层层叠叠，在一片金色的光芒之中。因为有风，水面细密的纹理呈现出宋元绘画中常见的线条，一组一组，又折返换向，盘旋成几条有力的切线。酒店的"无边界"泳池，就在脚下。女人们如同水草摇曳，男人因为少了上装，倒像是一种无鳞的鱼。他们在泛滥着蓝绿色的底色上游弋，反复，覆盖，这种无意识的流动，毫无规律。而这种毫无规律又似乎时时提醒着，规律可能随时存在。

谭平的绘画，就有一种毫无规律中的规律。看谭平在今格的个展"画画"，一起共进晚餐，对于中国的当代抽象绘画艺术，我有着许多不肯定的疑惑。这种面对面的交流，或许有益于我解决自身的困境。

"画画"，这两个画，自然意思是不一样的，而字意另外包含的"我画"与"画我"，更是两种不同境界的表述。在展厅中间的核心影像区，我完整地看了一遍他绘画的过程。我看到一位在西方教育体系背景影响下的创作者，是如何打破"惯性"的。在创作中，让视觉意识更大程度上远离日常，是取意，还是回避，我不能判断。但"破坏"本身产生的张力，让人血脉贲张。

谭平说，"覆盖是时间切片的叠加"。我相信，在谭平的一层一层的"覆盖"中，图像与隐喻显示出的是一种过程中的相对稳定的对应。那种点线"不自觉"地参与，或者说"不在场"的流变，会因为立意、构图的随变使这种对应性添加矛盾，并趋向于沉重的宿命的"不安"。我想，事物都是沉浸在时间与空间之中的，而生命的过程，如同时间中的叠加。在"覆盖"的痕迹之中，找到真相，是一种趣味。

不知道为什么，谭平的画，总让我想起那个"无边界"的游泳池。

2

下午去看高艳津子的《三更雨·愿》，这是她的一部旧作，据说是当年为威尼斯双年展而作。实话说，有点高兴，也是有点失望的。正乙祠戏楼的座椅舒适度不高，舞台背后还有好几扇漏光之窗。一直认为现代舞对于环境的单纯度是有要求的，抽象的细节往往就是这样，只有放弃生活带来的琐碎，才能抽离并获取。戏台的对联是有深意的，"演悲欢离合当代岂无前代事，观抑扬褒贬座中常有剧中人"。赫拉克利特说，"人不能两次踏入同一条河流"，但孔子也说过，"逝者如斯夫"，时间像河水，哪一种生命不在同一条时间长河之中呢。

开场的弹拨乐器用得有意思，带入感很强，其中甚至听到口弦的声音，这一点让我很有兴趣。也许是因为西南音乐的魅力，在中国，似乎许多神秘主义的音乐，都是指向西南的。乍隐乍现的"新娘"，顶着盖头，一身红艳，从象征天的高度垂坠下一段红索来，激发了五段有关生命的舞。

第一段为花。舞者的服装材料是特制的，有一定的塑形力，由黑及蓝，由蓝及灰。只是他的手足都涂了红，如同新鲜的花蕊花柱，此起彼伏，花开花谢，雄雌一体。人随时都被外物所罩，如蛹虫，如去壳之种子。因为坐得近，听到舞者调息的声音，如同春天生命的交媾欢娱之声。"你是春天的花朵，藏在秋天里"，歌曲之中大多是设问句，"你说你其实不在乎，你还说你愿意"，真是春天的特质。"太可惜"，可惜什么呢？"我刚刚见到你。"

第二段是草。夜色如拉扯带浆的布，雨声是筛漏。可惜，音响效果不够好。二楼，作为引子的"新娘"从左而出，舞台上的对角，一个从竹林中踏出的巫师，或是山鬼，彳亍而至，就像"余处幽篁兮终不见天，路险难兮独后来"的自述，屈子《九歌·山鬼》中的词。配乐是西南的土歌，"拂尘"成为一种符号，抛来抛去，如春去春回。春风吹又生，一束暖光，活一条生命。舞者喜极而泣，抬头望空的笑脸，像是在一个黑屋子里面的生命欲望。

第三段为鱼。是的，鱼，这是戏后高艳津子自己的解释。雨中，水里的奔突，黑红的裙摆，布条在身体上绑出一种"双鱼"纹样，舞者的印象不深了，似乎有许多跳的态势。西南音乐中的铜鼓，混合了纳西族的出嫁歌，过程中充满了叹息声。有几回舞者倚在柱子上，口型丰富，同鱼喘之状。

第四段为鸟。白扎靠，红髯口，京剧什么戏有白色四方靠背旗呢？想不出。正乙祠戏楼是梅畹华唱过戏的地方。配乐有琵琶，与类似钗镊的音响。髯口一次一次落地，舞者所表达的爱怜之情，怀抱的痛苦，如同以红髯覆面。记得中间忽然出现过古琴的声音。我想这个琴声要是祥霆先生弹的可能会更显其妙。翅膀的两根拉索，是挣扎与束缚。但其实也无关紧要，羽化或浴火重生，在乎放弃的信念与决绝。最后是楚霸王的那段念白,"力拔山兮气盖世",声犹在耳。

第五段是蚊子的那一段表演。听高艳津子讲,用的非洲音乐《生死咒》,挺巧妙的。秋千的引入,杂技一般,我不喜欢。生命本可无男女之分,一旦具体到形态,自然会消减舞者的力量。手势,我发现有所有旦角手势的影子。脚,走姿,甚至还有卧鱼。难道是因为自然界中只有母蚊子才吸人血的原因吗?想起那句"墙里秋千墙外道。墙外行人,墙内佳人笑",生命之中,打起秋千或打起秋风之时,何曾想到韶华远逝。

谢幕还是由那个红盖头不变的"新娘"牵引出来的。给每一个加以红色的绶带,新生,新生。五位舞者,唯新娘是一个"牵引者",女人成为生命之舞中的一种新喻。花草鱼鸟虫(蚊子),我想可能原是想用蜉蝣的,庄子有关于蜉蝣之生的描绘。但显然蚊子更通俗也更易于表现。用创作者高艳津子的话来说,这出戏是一个关于轮回的思考。这当然很容易看出来。我以为她的另一句话更有价值，"生命的错位，天生俱来的优势也许就是生命本身的障碍"。最后的歌叫《春歌》，"春有百花秋有月，夏有凉风冬有雪"。在这个现实如舞台，戏剧如现实的时代，四季如同一季。"得闲"，距离我们该有多遥远。

3

（1）

认识仲冲有些年了，从前与他是以同行身份相处的，所以陡然间让我以书法的眼光去看他，是有很大难度的。一则他设计师身份的"惯性"尤在，二则我于书法是个外行，彳亍于外，不能入门。怎么讲呢？看他的字很养眼，也舒坦。但好比面对一盘很好吃的菜，我除了说好吃与咂嘴，并无法多言。刀工，火候，锅气，打荷，一句偏向于专业的词都不敢讲，生怕讲不到点子上，坏了厨子的初衷。记得他辞去设计学会副会长的时候，是很突然的，普通话依然讲的是他的那个普通话，但去意很定，很清晰。

他拜入吴振立先生门下，静心写字，从一位职业设计师渐而成为一位书法家。人生就是这样，许多事情实际上是无法兼得的。

仲冲率真，听力不好，所以总是"有话讲当面"。仲冲智慧，眼睛亮，所以他比其他人更能看到后面的东西。因为耳疾，2008年他去上海做手术，左耳的听力全部失去，甚至听不出手机声音的方向，世间所有的声音对于他来说，都如同进入了一种朴素的单声道。我记得他说过手术时的情况。他说手术时，并不觉疼痛，只觉得有人不停地锯割，术后满脸泪水。他一直不明白为什么会流泪，记忆里从来没有流过那么多的眼泪，这些泪水似乎是一次艰难的彻悟。

现在，他心安于这种命运的安排。他蜗居杷园，皈依文字，把书法作为生命融入生活的方便法门，悲欣交集，乐此不疲。他于书法的"锥画沙，屋漏痕，印印泥，折股钗"四种笔法中，取前两者，并篆书笔意，自成一家。有人说安史之乱后，韩愈等人发起的古文运动不是复古，是一种创旧。仲冲的书法也是一种创旧，取法古意，表达新颖朴素，是一种真正的文人化的自我书写。我想，书法永远都不应该只是单纯的技术。

仲冲说，每次与家人逛街的时候思想都是游离的，有时候想到要写一幅字，便蠢蠢欲动，指端大动。说他想写字的时候，如同尿憋。这真是一种美好的创作欲望，朴素，真实，与身心合一。

（2）

"还我本来面目"，是仲冲与邰劲的一个书法展。所展内容就是在某一天，两个人面对面写一整天的字。11月11日，有光棍节的意思，选在这一天去杷园看写字，或者说选择这一天写字，显得有一种特别的勇猛之气。茶台设在院子里，枇杷树依旧，只是果子早被之前的人吃掉了。坐着喝苦茶，隔窗看写字，更看得出我作为一位门外汉的修养。所以在杷园看了半天，除了喝茶吃章云鸭子，讲不出话来。但是，门外汉也是有个好处的，因为站在门外有了距离，对门内的人与事常常更看得清楚。邰劲先生与仲冲先生都是本色之人，写字即日常，书法做人如出一辙，毫不作态。一位刚中带柔，金刚怒目，心有莲花。一位柔中带刚，百转千回，怀绕指柔。邰劲提及写字，讲过三个词，元气，本色，经典。我以为这是他的书法风格，也是他书法的源头。仲冲一耳失聪，自称六窍居士，书法得二爨精华并融章草，布局精妙。在老城南看两位大汉写字，如夏日打赤膊走过饮马巷，亦如执羽扇走过花露岗。南京有名园瞻园、煦园、愚园，之后有杷园、同园也未尝不可，总之此二位，当得上本色二字。书写当为人生，慨然尽醉，一片痴心。出门的时候，听到院子里邰劲的笑声，与仲冲的笑声一样令人惊叹并激赏，从音乐的角度来说，他们是不同声部罕见的男高音。书法亦如此。

4

经常遇到一些年轻的画家，颇有生气。几年前在芥墨美术馆的一次新人展上，发现一位叫黄岑的画家。黄岑水墨画作中的符号解读，相对于解读性的文字，绘画本身显然更有能力表现一种看不见的本质观念。在黄岑的这一系列水墨画作中，花卉与鹦鹉作为一种常态，始终固执在画面的核心位置。从图像学角度来说，这样的符号，显得极具隐喻与象征意义。但这种隐喻与象征是生长中的，不同于传统中国绘画的"模式图像"，画面中的花卉与鹦鹉，繁茂或充满锦绣的气息，象征着物欲和暂存的世界，卷动的布帘又喻示着不可知与理想。图像与隐喻显示的是一种相对稳定的对应性，但在创作意象凝结的过程中，会有可能趋向于不稳定。黄岑是单纯的，她一直刻意保持着与现实生活的隔膜，保持着一种试图回避伤害的谨慎。脱笼的鹦鹉，飘逸的布帘，远去的山丘，落寞的花瓣，这些近世的常物，让赏析者在理解作品的入口，多了一处停步，并从唯美的角度得到快感。事实上，为了获取或传达信息，一个稳定的图像标签通常会大于上千种态度。应该说，这种精神相似性与物质形象两种诉求之间形成的张力是最为明显的。黄岑巧妙地抓住了这一点，并在此基础上，试图构建自己的一个十字体系。在纵横两向，东方与西方，传统与现代，平面与空间，现场与未知之间，传递自身对于生命的理解。画作《锦绣天衣》，以一衣朴素分割画面，形成对角方向并背道而驰的姿态，左上的鹦鹉，右下的蝴蝶兰，分别指向物质与理想，皆延长至外廓，充满视觉张力，画面顶部的穹式弧线，饱满，向上，有神圣的未来感。这其中的理想主义与唯美主义，有重叠也有分歧，唯时间永远，山水永恒，如同叶芝的诗，"要是我有锦绣天衣，交织着金和银的光彩，那蔚蓝、黯淡和深黑的锦衣，为黑夜、白昼和晨昏穿戴。"这种隐喻的诗意，在无限接近于图像本身的同时，也无限地远离，为我们带来了更为开阔的神秘的想象空间。

杂记

1

吃饭的时候,点了一盘韭菜炒螺蛳肉。据说清明前的螺蛳肉大补眼力,不知道准不准。诚实一点说,我们生活中大部分来源于眼光的自信都不太靠谱,或者靠近无知,或者靠近天真。总之,押宝的成分更多。明清人画山水,多题仿某某笔意,似乎他们的眼中,艺术史已经停止,他们在做的,是表达纸上的敬意,如同意大利兵团在战马上齐刷刷的举手礼,白亮的刀尖在阳光中忽地一闪。是切断、折叠、重复还是拼贴,是与古为徒还是与古为新?米爷说秃顶的男人成了多数以后,秃顶就不再是特征。所以我们坐餐厅里往街上看时,不能直接说"那位秃顶的男人从肯德基里走了出来,手机屏上布满了指印",因为那样你等于什么都没讲。八点钟左右走出肯德基的秃顶男人占了走出男人总数的百分之六十,这其中包括剃得很短甚至刻意刮光的三人。对于自然世界的描摹,对于经验无休止的紧张的崇拜,随时会让我们陷入一种毫无意义的判断。这种判断,让人伤感。

2

聊了一会儿"词语的密林",关于语言也关于空间。每天吃完饭以后,就会产生一种错觉,觉得一定要讨论一点什么才好,似乎只有这样才更符合站在厨房里洗碗的节奏。生活有质量吗?是什么呢?如果有,有换算的方式吗?空气中有一种低频的噪音,从一个窗户进来,又呈45度角从另一个窗口反射出去。下水道有点堵,从去年年底开始流水就不那么通畅了。米爷说,她今天吃了一只苹果,特别好。是吗?同事给的。嗯。今天还有人送了一本有关巴黎建城史的书,翻了翻,发现巴黎路灯的历史真的很早。"1673年12月4日，夫人与密友共享晚餐。他们的夜晚活动甚至进行到午夜以后，而这一切都归功于外面新安装的挂灯。""灯悬挂在空中，相隔同样的距离，向各个方向延伸。"在眼前这样的联想延伸里，并没有出现一个完美的长镜头，没有路边黑色的积水与闪亮的倒影。只是让人想起了牧溪和尚的《六柿图》，六枚柿子各自端坐，安静如归。城市对于生活的贡献与影响从来都是双向的。

3

状元楼，是个好口彩的名字。四百间客房住满了，便有了四百位状元。酒店的闻喜厅是散点小吃餐厅，淮扬菜加上秦淮小吃，让人的确产生了一些秦淮船宴的感觉。文思豆腐，马兰金笋，富贵松鼠鱼，碧波鱼肉狮子头，荠菜冬笋，梅花米糕，墨玉鎏纹包，还有一碗小刀面来配搭。不是太明白厨师长为什么会选这碗小刀面来收场，单薄，干枯，汤面隔阂。南京城的气息是复杂的，从太平南路一直往南走,越往南空气中的信息就越繁杂。明清两代直至民国,花牌楼、状元境都曾经是很牛的书市。花牌楼剩下一个"中华书局",现在是南京古籍书店。状元境因为反复的拆改,一条街只剩下一个路牌了。去年曾经陪同韦力先生、薛冰先生来此处寻古,站在路口,只要稍稍侧首,余光就看到了路的尽头。历史更变之中,我们的目光显得如此短浅。虚构与真实,只是一线之间。在这样春风沉醉的晚上,讨论诗歌的成为诗人,讨论死亡的成为歌手,讨论春天的成为了食客。

4

美食这件事,与文学有点像。体制内的作家不太想谈创作,通常正经上灶的厨子也是不屑于谈美食的,他们下班会洗干净手,然后找个麻将档摸几圈麻将。好在还有一些有点空闲又爱琢磨吃的人愿意分担江湖道义,救贪吃众生于寂寞。有一位前辈与我聊过,吃这件事最难的就是控制量,量多会受到食物的反控制,渐而形成情绪上的非客观好感，最终无法解决对食物本身优劣的判断问题。什么事不是如此呢？小时候，休学在家，只能看闲书发呆，偶尔会学做几道菜来吃，教材是一本《大众食谱》。有一回动作比较大，起油锅自制茶馓子，自家食用以外，还能分与邻居。美食之事，其实，无非原料、刀工、火候、锅气、情境，后者最难。今晚，在这样的春寒中加班晚归，如果能在路边吃上一碗米粉配卤鸡蛋，那也是一种"快活"了。

5

在春季，半躺着看书，是天底下最好的读书状态。不冷不热，不像夏天必须时常翻身侧卧，以减少与床的接触面。事实上中年以后也很少考虑这些了，躺着与侧卧，在接触面的数据上差得并不大。半躺着的时候，可以抬头看书，低头看腹，腹部赘肉顺势偏向两侧，显得平坦且颇有自信。春季读书，往往看不了几页就会昏然入睡，所以一本书翻来覆去，总是看不完，常有反复，有的内容看过多次后,偶尔还会断篇,继而产生一些新的异见来,也算得上是一种"拾得"吧。在所有的文字里,最容易让我入睡的是"讲道理"的文字。因为……所以……,如同数羊。中国的绘画常以"无"表达"有",留白最见精妙。从时间的角度来说,生活中的空白总是最值得珍惜,比如瞌睡,比如一只飞虫经过。宗炳讲"澄怀卧游",南宗一脉的画家也无一不以卧游为题作画,或多或少。听说,过去曾经有个什么人一辈子只画卧游图,真是奇哉。

6

锄月,锁云。网师园进门的院子里,一左一右,有着这样两块砖雕,非常好的幼稚口气。一大早坐高铁来泡园林的人,总是要有点稚气的。一直觉得园林之所以没落,在于它不再是私家园林。网师者,渔父也。春天的江鲜是一定要吃的,网师园里的新鲜阳光也不能放过。经云窟,过梯云室,梯云之意取自《宣室志》

中"周生中秋以绳为梯，云中取月"之事。院内假山，全部以云头皴手法堆叠，于五峰书屋一侧倚楼成山，登此山入楼，的确有点靠近书中颜如玉的感觉。写过《使行纪程》的郭嵩焘跟李鸿章说过大略这样的话，"中国人眼孔小，由未见西洋局面，闭门自尊大。"造园的人有没有东西方对立观，不知道，小眼孔也未必，但造园的用心与末一句有点像。"闭门自尊大"，如果用在园林里后面最好补上一句什么才好。

7

买一本旧杂志，1938年的《美国国家地理》，其中有南京的专访及一组照片，品相完美。有一页，在我看来就是东郊琵琶湖，湖水直抵城墙，城墙上有刚刚修复的痕迹。一位着白衣的男人头戴白色礼帽，立于水边吹箫，那人将深灰色的长衫担在左肩上，脚下波光粼粼，画面如同挽歌。

有人写文章，"为什么不爱南京了"，我想有可能是一个人

1938年《美国国家地理》南京专题的插图

失败了,失恋了,失眠了,失望了。旁人有没有在意并不重要,每个人都会有自己的喜欢,不必在意,只顾投身而去就好。对于一个"古典主义的大萝卜"来说,固执地土一点也没有什么害处。都洋了,土也就有点意义了。

8

三六九金春锅贴七元五只,饱腹无非开口。昨天站在老门东说,"可怜花香处,水寒尤抱春。"不知道五板桥的石板早已断了一条,八指头陀见过竹篱下雨打桃花,所以不笑。听隔壁桌子讲话,一个妇人对着孩子讲道理,很有意思。

回工作室。早上的阳光好,可以坐在阳台喝茶。人的情感有惰性,想起另一件事情,好像总是要等待一种顺便。所以在冬天的时候顺便想想春天,在吃包子的时候顺便想想白粥,在读书间隙顺便想想一场湖边的焰火。有人讲怀旧是接近年老的,而我从小喜欢怀旧。"娟娟发屋"被关注,书写本来也就是日常,好像

1938年《美国国家地理》南京专题的插图

扫地。在冬天，扫地的最高境界叫作"各扫门前雪"。桌子边上有一张纸板，很白，丢掉可惜，便拿出来抄了首诗，写诗的人不会生气吧。

9

先是在院子里挂了一个月亮，然后在另一个院子里更窄的墙上挂一小舟。舟行墙上，夜色如水，该饮一大杯才好。设计夜航的船，因为想到了《夜航船》，书里讲的故事都是浸在这样的水里的，水纹直立的，都是故事的引子。小时候喜欢住在窄小的院子里，执蕉扇，喝淡茶，扯些闲话。月明风清时，可以听到芭蕉卷心一点一点地卷起，心中何止虚空一念，也许还可以补一句"且待小僧伸伸脚了"。后来学唱歌，第一首就是"天上一个月亮，地上一个月亮"，歌名是什么已经忘了，但是月亮从此挥之不去了。月亮到底是什么呢？月亮就是观照，是心里的暗疾。

10

微雨中的邵伯镇,古称甘棠,是运河航船的大码头,更是扬州评话的大码头。民国元年后,此镇曾改设为邵伯市。当地的饭菜讲究,我小时候暑假来过,住在一个亲戚家里,隔天有清蒸鸡或红烧鱼,印象深刻。在老街剧场听过一段《清风闸》,母亲高兴,她曾经在这个镇子里读过中学,六十多年前的事,现在讲来如同眼前。很多年不来,镇水的铁牛依旧,斗野亭修新了,不如原先。水边的建筑还是带点旧的好,因为水中的倒影过白,总有一种"夸大"之感。

11

百年扬子饭店再次开张,与薛冰先生聊此处前世今生的故事。翻看到一本宣统贰年的《艺林》,这有可能是南京最早的期刊了。

在朋友圈看到过去福州江上的一座寺院,一座岛。在不在了不知道，但看到这页图片已经很喜欢了——石塔，飞檐，石柱，盈着水的台阶，一棵斜向江面的树。可以想见船到的时候，一定会在树荫下停靠，喝酒或者望呆都是船工很好的选择。我想我们永远不应该低估一座岛的意义，对于江湖的意义。清醒与独立，都是有意义的选择。想起有年在南京的江心洲，坐在葡萄架下喝酒，看王老师把刚做成型的十几把琵琶晾在水泥地上，无弦之琴，天籁之音。牵牛花刚刚上架，草间有鸣虫。院子外面是两排高大的水杉，一条深深的林荫道通向过去的码头。我们的规划为什么没有岛的概念呢？如果保留江心洲的独立性多好。架了桥，"方便"了岛民，但岛没有了，岛民还在吗？大江之上，泥沙俱下，千年沉积的江心洲，南京城最后的这座岛也成了财富的附属品。

12

早上看到院子里有鸡冠花，颇肥硕，所谓"倾艳为高红"，浑身有鸡立鹤群的冲动，找出一页纸来写。古人讲开弓没有回头箭，但开弓也未必一定搭上箭。不讲话，不代表没态度。过去能开硬弓三张，可称勇士。想起一句话，读书如拉硬弓。现在一张也拉不开，太重了。

走了去看潘玉良的画展，"月是故乡明"。画都是当年从法国带回来的，她的作品达四千七百多件，这只是其中的一部分。见到一页速写有陈独秀先生的跋，文中言，"余识玉良女士二十余年矣，日见其进，未见其止，近所作油画已入纵横自如之境，非复以运笔配色见长矣，今见此新白描体，知其进尤未止已。"有趣。

13

比托拍摄的中国影像，第二次鸦片战争中的广州与塘沽、北京。因为塘沽炮台中方军人尸体的原真性，照片广受西方媒体欢迎。两广总督叶名琛被俘，被押送加尔各达威廉堡，后绝食自杀。据说表现有节有理，马克思还表扬了他。从某程度上来说，图像能传达更大的更真实的历史观。那些图片中的阴影充满了细节。

我喜欢这种阴影的存在。一件物一件事,没有了阴影就会缺少存在感。阴影是所有事物的根。

14

得陈从周先生书"正心堂",心正而后身修,从此多一堂号。如何正心呢?不由想起了东坡先生,"三月七日,沙湖道中遇雨。雨具先去,同行皆狼狈,余独不觉。已而遂晴,故作此。莫听穿林打叶声,何妨吟啸且徐行。竹杖芒鞋轻胜马,谁怕?一蓑烟雨任平生。料峭春风吹酒醒,微冷,山头斜照却相迎。回首向来萧瑟处,归去,也无风雨也无晴。"

伪装成生活家的人越来越多,真正的生活越来越远。想起沈从文曾说出这么一句话,书法家出则书法亡。同理,生活家出则生活亡。

午饭后,看白石老人的"草间偷活"展,名字取自他的一方印文，不容易。过了苦日子的人，富了才会那么抠，总觉得不安全又沾沾自喜。据说这是白石老人刚到北平时的画作。仅此一方印，白石老人可以入大家之列。

15

路边有人训练鹦鹉的反应速度，鹦鹉真辛苦，要么选不出词，要么选好了词，但又讲不出声。站在一根光滑的黑色的金属杆子上，容易吗？

高铁的好处就是我刚把包抱在怀里，就听见自己的鼾声了。虽然我并没有带包。

看到一个长腿的女孩子从走道经过，真的很长，我想她跑起来应该很像一把专业的剪头发的剪刀。

隔座的男人终于解决好送一束花的事了，旁听了他超长的电话（与之前的长腿一样长）以及吞吞吐吐的自以为是。想到那束花会摔在楼道口，也就满心欢喜了。世界太平了。

16

20岁时非常喜欢米芾,专门去过镇江的南山。在南山似乎什么也没有发现,只有个后建的"城市山林"牌坊。靠近山谷的地方,有一处斜斜的坡道,倒是让人想起了他反笔下去的一捺,有些味道。都说学米字很难,什么不难呢?临帖当然好,但是对于不能刻苦的人,读读他的诗算是最好的近路。我见过每一笔都可以写得与米芾一样的人,无趣极了。估计米芾看了也会觉得烦。

17

事实上,我们的生活早已经按周来过了,一周一周地过,像小时候按天来过一样。周一总是愉快的,这一点我与许多人不一样,我喜欢周一,一年也就五十几个周一,我没法不喜欢。周一是新鲜的,新鲜的菜,新鲜的花。弓箭坊现在很短了,因为拓宽过,所以是个短短的胖子。学步的小朋友边走边抬头笑,眼睛好亮。早上有人说，开弓没有回头箭，谁说不是呢？我们离开弓弦好久了。今天没有雨，城南就没有雨。从弓箭坊折向右手，走去彩霞街吃粥，没有店名的铺子，人多极。我经常会无聊地想城南到底住了多少人呢？粥，一块钱一碗，油条两根，一块六毛钱。这样便宜且好吃的早餐，城里其他地方不多见了，萝卜干真有味。

附近评事街千章巷老太皮肚面，打钉巷李记锅贴，又或者是巴子面馆来一碗加了西红柿的三鲜面，都是妙绝。有一次，我与上海陈子善、苏州王稼句、南京薛冰、余斌、董宁文诸友在李记大吃了一回，余斌笑说，还是七家湾的味。我以为，这是一种比较高的评价，老字号好就好在味道的纯正。

家里老人家说"晚起三荒"，起床早自然有好处。城南被建筑与阴暗淹没了一夜，此刻的河流，反成了闪亮的线索。上浮桥成了公路桥，谁会在快速通过的时候，侧首回望这条窄窄的水流呢。只有栏杆上的一张治疗"夜哭郎"的帖子，让人想起这是个千年人居之地。

金粟庵在街的中间,是全乘老和尚重新修建的。边门的门上刻了一幅对联,"虎头余绪"。

想起大约20年前的一个冬天,那时的河面还会结冰,我走路去会一位住仙鹤街的朋友。河面被冰冻结的垃圾,像极了一幅山水画。当时,在上浮桥河床的下面,发掘出了更古老的河床,尽管深埋泥沙之下,但我想那也是湿润的,所以那也应该是一种更为安静的流动,残存的河流在冬季有冷的感受。古时在这里,是可以行船直至进香河的,鸡笼山的禅寺钟声尚在烟雨之中,飘摇不定。"观筑"在升州路五年,我常常喜欢走走城南,因为只有在城南还能够被提醒,这座城曾经的特别味道。

18

刚刚工作那几年,我换了好几个地方住,准确地说是借住过好几个地方。因为这些房子都是暂住,而且都起源于友情,所以是不需费用的。白住的感觉很好。因为感觉住在交情里,交情成了看得见摸得着的东西了。这样的事，放在现在不太会出现了。那时没有商品住宅的概念，房子对于大多数人来说仅仅只是房子。一个静态的东西怎么比得上新鲜的情感，这是一种世俗化的古风。最先，住的房子在四牌楼，那房子其实是一个楼梯间。很小很矮，没有窗户，夏天的时候，便开着门睡，只有一扇纱门，可以关着，不让蚊子飞进来。门口有两三排煤球，是楼上张家的，它们贴着墙排列成一种组合，或高或低，总之很有节奏感的样子。张家的人喜欢喝鸡汤，每个星期都吃，这些煤球与一只铁壳炉子就是炖鸡用的。每到炖鸡的时候，他们家就会把炉子生好火，拿到楼上走廊去。汤应该不错，每到此时，张家那位脸色凝重、忧国忧民的主任便会笑眯眯地与每一位经过的人打招呼。有一天夜里，纱门外站了个女子，因为是背光，只能看到一个轮廓，完全看不见她的脸。当时我在看一本闲书，书名忘了，无非是些对于人生毫无作用的书。她应该站了一会儿了，我抬头看向门口的时候，她说了一大段现在听起来像是穿越的话，让我把门开开,我当然不会。

后来搬去了湖南路,在湖南路住的时候,常去玄武湖闲逛。玄武湖的梁洲,有非常有名的白苑餐厅,20世纪90年代我还在那里吃过鱼。白苑的菜不错,白汁鱼片,炒鳝糊,口蘑菜秧,最厉害的是八仙活鱼,那是一道必点的大菜。看了一篇1934年李金发的文字,那时候他恰好在南京,用他的话来说,"过昼伏夜出的生活"。他住的房子正是梁洲上的养园,这养园的前身是荷院俱乐部,有好的咖啡,大客厅容得下六七十人跳舞。"西偏有成亩的小竹成林",他在一棵大树下看了一下午的蚂蚁争斗。文中从未提及北侧的紫藤,实在是怪事,想必是那徐州口音的院丁种下的。我对李金发的诗,没有什么深刻印象,但有一句的印象主义特征让人难忘,"我们散步在死草上,悲愤纠缠在膝下。"

19

看台湾京伶魏海敏如何还原梅兰芳与孟小冬的《四郎探母》,

中有"坐宫"的一段快板。《四郎探母》是当日梅兰芳与孟小冬的定情戏,据说二人后来住的地方在东四十条附近。数年前有开演昆曲《牡丹亭》,我曾去"看"过两次,那里也许距离他们的旧居很近。"冬皇"的粉丝是带枪的,真是疯狂,虽然打得不准。齐如山说,"唱讲韵味,不讲湾转,不但不讲湾转,且不讲调门高。"唱戏,如果不挂味儿,唱得再高,再百转千回,也不能算上乘。想想好些事其实都有类似的道理。"杨四郎打通关",见谁同谁唱,按说要依着杨四郎的调门最好。看过一段文字,说有一回的《四郎探母》是谭鑫培的杨四郎,梅兰芳的公主,陈德林的太后,龚云甫的佘太君,姜妙香的杨宗保。各人唱各人的调,各带各的琴师。戏台上得坐多少位琴师啊。谭派调高,有幸学过一段谭派《洪羊洞》的"为国家","国家"无动于衷,我累得够呛。学无所成,也是活该。

此前,为南京的一个品牌餐饮空间做概念设计,采用了京剧主题。戏的魅力在"虚拟"与"真实"之间,"人生如戏,戏如人生",我用了比较喜欢的这句话作为一个墙面装饰。以前我不喜欢这样的话,这种一一对应别无选择的样子让人生疑,我们无法见了什么人便去想对应的那出戏,辛苦得很。戏里有许多意外的事情,我喜欢不确定的那些部分。比如我猜想过一个人的人生,一个人"如"的那出戏会不会是连本剧,经过这么多年以后,再看这句话,觉得远是有道理的。也许所有的人生都是如此,都是"立异以为高",有人缓过神来了,也有人忘了,便"久假而不归了"。

西遇随记

出发

去机场的路在清晨是寂寞的,有些早起的白鸟,在远处飞起来,又落下去。那片林子的后面是一条大河,往西可入长江。两侧低平的已渐枯黄的草地上罩着一层厚厚的雾,浑浊的,大约有一米左右高度。车子开得很快,所以这些沉淀下来的水汽就像停止了一样,低伏着,这种往下的低伏如同充满厚意的拥抱。

我喜欢安逸,喜欢阳光与纯白的床单,还有冰过的汽水,这些都是糟糕的习惯。如同前座开车的人讲的,这个时代要会苦吧,不会苦,光会享受没得出路。我该怎么去苦呢?出租车是昨天晚上约好的,开车的老大很会讲南京话,与大多数出租车司机一样,能聊。老大,是他自称的,之前他打电话时,一直在与对方强调这一点,这是我第一次听人这么理所当然地自称老大,从后视镜里就能看得到他眼睛里缓缓发出的光芒。忽然发觉这种光芒与我认识的另一人特别相像,他们目光的释放都特别的慢。他的确是个聪明人,自己做了一个插件,所以在滴滴打车平台上总是能优先抢到机场的单,南京人在这方面的思考能力的确是强的。以前,许多人家都可以自己做一个收音机出来,能做收音机的男人会很有优越感。小时候的邻居就是如此,一下班,收音机就开得很大声,他的几个女儿会满面红光地跟着音乐唱歌,那真是一种充满自豪感的歌唱,能抢单的男人自然也该如此。这个世界从来就没有公平存在,公平只是具体的一件什么事,或者有话语权的人一次偶然的善意。再次西行,算来已有十年了。

  昨晚在家想找一本《大唐西域记》带着,没找着。找到一本朱偰先生的《玄奘西游记》，带着走路，每一刻都像去取经一样。

敦煌

越来越近的，是一大片说不清楚的灰色。飞机降落的时候，甚至让人有一种落在沙地里的错觉。进城的路名来自附近的阳关，阳关大道，当然是个好名字。但偶尔走走独木桥，也不见得就不可说。做一个偏执的人，看来要有很大的勇气才行。

敦煌，在河西走廊的最西角上。季羡林先生说，世界上影响深远的文化体系只有四个：中国、印度、希腊、伊斯兰，再没有第五个，而这四个文化体系汇流的地方只有一个，就是中国的敦煌和新疆地区，再没有第二个。我想他一定是有足够的理由才会这么说的。对于敦煌，我的兴趣起源格局小了一点。小时候，每至春节，都会发烟酒票，有时候会有两瓶洋河大曲。不知道是怎么想到的，总之，决定的人很牛。酒标设计好，那个绿色底飞天的酒标似乎是配得上一个"洋"字的。这事一直难忘，有次与一好酒朋友聊起，他不知道怎么一下子兴奋起来，第二天送了20瓶三十多年前的瓷瓶洋河来。我看着20个栩栩如生的飞天，说不出话来。后来大一点，看舞剧《丝路花雨》，那算是舞蹈的一次真正启蒙了。女性身姿之美的极致，便是身后之空。一直以为阳光是敦煌艺术重要的源头，时间之中，阳光可以与水流一样产生一种神秘的幻觉，一种固执的依赖。

我看过敦煌僧尼饮酒的记录，那些寺院留下的入破历文书，是极率真的好书法。不知道现在的敦煌还产不产酒，今晚喝点什么才好。

鸣沙山

睡觉前在附近的小镇喝了一碗青稞酒，土酿，口感不错，只是稍微有点上头。一个人从小路绕回酒店去，可能是酒的原因，竟然不小心走进了一个演出的现场，好在那位用手机玩游戏的保安发现了我。那是一场类似什么印象的实景演出，灯光炫丽，场景开阔，背景是几个高高低低的沙丘。远远的，一队骆驼从山丘上经过，光影在沙丘的表面被拉得很远，隐约有驼铃与西域的弹拨乐。身穿唐代衣裳的姑娘们在我身边走来走去，圆领露胸窄袖衫，月白色的一片，恍然隔世。我差点撞上一个身穿红色斗篷的人，他推了一辆独轮车，从夜色中的沙地中走了出来，满头大汗。去月牙泉看日出，就是那一刻决定的。玩手机的保安说，在泉边看日出，时间最好在六点至七点之间。所以我起床的时候，天还完全是黑的，只有繁星满天。这是我至今看到过最多星星的一个夜晚。

没有犬吠，山庄的门卫显然有点困了，他抬了抬眼镜，用当地特有的鼻腔共鸣音说，出门，顺大路一直走下去。大路的确是大路，但是没灯，一出门，大路就消失在夜色里。一个人在黑暗中走，开始都是盲目的，如同一个人试图独立思考，好在星光还是能抵上点用的。路边种的树好些都是旱柳，间隙有几棵直直的杨树，瘦瘦的，特别高，与星空交接，显得特别有情感的样子。

月牙泉的门口有块牌子,写着"带上记忆回家"。在黑夜里一个人走了半小时,的确是一种体验。进入鸣沙山月牙泉那个象征性的门洞时,的确是有无与伦比的美妙之感。鸣沙山是从黑地里一下子涌上来的,在黑暗里面的光影的细节才更有可能打动人心。围着月牙泉走了一圈,没能听到鸣沙山的沙鸣。

据说几天前刚下过雪,可惜也没有看到。雪中来月牙泉应该也是好的。游人渐多,出门的时候,返身回看,鸣沙山上已经铺好了金黄色的光。

玉门关

谁知道这是什么呢?对于一片空白,无论什么,立在其中都是可以饱含深意的。

我到达玉门关的时间是日出以前。旷野,空无一人。开车的满脸胡子的司机王,偏了偏身子,隔着玻璃,用手指往前方指了指。就是那个。就是哪个?我站在一块平地上傻站了一会儿,便捏着一只苹果，往黑暗里的那个最黑的方块走去。苹果是前一天晚上在路边买的。当时我就想好了，我要在玉门关吃一只苹果。春风不度玉门关，是啊，还有什么比独自一人在玉门关吃一只苹果更有意义呢？

天冷，脚下沙子的声音也显得有些凉意。它们又似乎暗示着我的步伐，是快，还是慢一点。回头看车，已经暗进了沙石里。想来所有的夜色都有相似之处的，在最接近地面高度的永远会比更高处淡一些，玉门关就在淡一些的远处。与我想象中的完全一样，玉门关不大，但在这样一个开阔的山地上，依然称得上雄壮。山地下方是一大片低洼地，黑暗中看不真切，只是看着脚下金黄色的草延伸了过去，又绕了过去。更远的地方，有几个水泡子，闪闪发光。

回到车上，司机王已经睡着了。他俯着身，额头顶在方向盘上。前挡玻璃前的平台上，放着我下车时给他的苹果。此刻，那只充满绿意的苹果，映射出的是难得一见的光彩。我是来参加年会的,却在开会的间隙,找到了一个寂寞的、新鲜的早晨。这种心情,如同一个时间紧迫的设计项目,尚未开始,却似乎看到了交图那一天崭新地临近。

寻找巴瓦

几年前,朋友余平曾经提过一起去斯里兰卡看杰弗里·巴瓦的作品,可惜未能如愿同往。但对于巴瓦的项目,已经有了些了解。看事可见人,能做出那样项目的人,应该是怎样的呢?对我来说,了解一个人的兴趣似乎比解读一个项目更大。

我一直有个猜测,巴瓦应该是个安静的人,或者说是个孤独的人。也只有真正懂得安静的人才能观察到光影微妙的变化,才能触碰到无处不在的细腻的气流运动。

每个人都有自己的童年,而童年几乎可以决定未来的一切。

巴瓦1919年出生，当时斯里兰卡还被称为锡兰，是英国的殖民地，斯里兰卡的房子也大多有殖民统治的背景。到达巴瓦居住的房子，发现早到了十几分钟。但约定时间已定，早来总比迟到好。车库里停着巴瓦年轻时开过的车。房子有几个不大但极有用的天井，日光或者雨水皆从天井而下，似乎与我们江南的民居有共同之处，是雨季创造了天井。在科伦坡的街头，发现好些房子是没有空调的，厅廊里常常都有只貌似中国广东产的落地风扇或吊扇。海滩边，黄昏的印度洋更像一张渐变的纸。我看到的颜色，消失得很快，不是淡去的原因，而是因为天色越来越深，越来越重。我想，到了夜里，沙滩上所有的脚印将埋进崭新的砂，并会发出嘭嘭的声音吧。

都说巴瓦是大器晚成，其实只是一种假设，大器晚成是时代赋予他的机遇。我感觉是敏感与脆弱成就了他，而这些就是他隐藏的天性与少年时光。沙滩上的光越来越弱，直至太阳完全沉进了海里。所有在海边居住的人，都可能深受日出日落的影响，海上的日出日落更让人感到新生与死亡的交替与无奈。离开沙滩时，我有一种预感，可能不会用太久，这个地方将站满来自中国的游客。沙滩上的风，有着天然的腥味，红色石头砌成的大堤上站满了期待生意的人。微笑着弄眼镜蛇的，黑着脸牵马拉客的，左眼外斜着卖虾子煎饼的。我想只要有足够的耐心，生意一定会好起来的。好日子最好放在后面。

斯里兰卡国会大厦是1981年竣工的，据说是巴瓦的第一个大项目。当然一个设计师并非只有项目大才能证明自己。建筑设计的确很棒，房子不压抑，显得轻巧，传统与现代的结合度不错，中轴线布置，在左右的附属建筑形态与尺度上做了特别的思考。后部的房子有天井，典型的巴瓦的风格。在我看来，巴瓦的风格追远点其实就是当地的建筑传统风格。国会平常是不对外的，我们算是很幸运，正好遇到开放日。国会大厅的设计可以称得上完美，中间的席位分成左右两部，周围为四层阶梯列席位，装饰木材几乎全部是小叶紫檀，绕场一圈有18根金属旗帜，分别为斯里兰卡各阶段的国旗。从国会出来，经过科伦坡最大的墓园，一位闲散的行人，把他的人字拖脱了下来，藏进路边的草中，可能是想回来的时候再取了穿上，他似乎更享受光脚的感觉。忽然间觉得人字拖与光脚应该成为这个国家的象征，因为这里面有地理气候，有人文精神。墓园的围墙是铁艺栏杆，白色墓碑深埋在绿植之中，散散落落，有荒凉的感觉，却又不显得杂乱。有一对黄色的当地土狗，正安静地站在街角交尾，不悲不喜，旁若无人。狗的目光远远地投向墓园的深处，有一种多元的宗教气质。

离开科伦坡，沿海岸线北上。在一棵巨大的树下面，一位修行者盘坐着，深灰色的衣裳，深灰色的头发，深灰色的肌肤。我无法看见他的眼睛，只觉得他是另一棵生根的树，静静地抓着一片土地。斯里兰卡的腰果不错，在一个小镇，沿街都是腰肢肥大的女子摆着摊子，而小女孩的腰都非常的细。腰与腰果有什么关系呢？下午两点不到，孩子们就下学了，女孩穿全白连衣裙，男孩子白衬衫，蓝色短裤，让人想起白衣飘飘的年代。路上车子开不快，这条来去只有两车道的公路上挤满了各种车辆，集装箱车、大客车、中巴、TUTU、摩托车，尘土飞扬。好在很有序，一个不让吃乳鸽的地方，人还是比较有善意的。导游说，斯里兰卡也有许多欧美设计师作品，但巴瓦的价值是因为他对自然和谐的思考，他甚至舍不得砍掉一棵树，他的作品有生命力。有生命力，导游又重复了好几遍。

从科伦坡经丹布勒至锡吉里亚，到达目的地坎达拉马遗产酒店，据说这是巴瓦本人最喜欢并得意的设计作品。车子颠簸而行，由公路转向乡间的土路。土路特别的窄，两侧尽是绿树。刚好碰到一条长蛇路过，真的是长蛇，一端已过了马路，另一端尚在路的另一边。坎达拉马酒店，依山面湖，200亩地，只做了167间房。一夜无话，第二天，早起，走去坎达拉马湖边看水。水边骑象的人刚刚走远，大象的粪便像一堆一堆的小火山，一直消失在浅滩之中。水面平且静，世间万物皆投影其中，只是有些目光不能及而已，湖中的绿岛浮在其中如同佛山自我观照。在酒店附近，去了DIYABUBULA庄园,那是巴瓦的密友拉奇的家。拉奇有午睡习惯,不常见客。当地导游的本事也是不小,直接与他本人通了电话,约了时间。我们必须在12点前赶到庄园,因为修路,边走边问,终于在11点40分赶到了。庄园入口非常隐秘,好在有一位年轻的园丁早早地在门口候着了。80岁的老先生很健康,与泉水相伴而居,随地形建木舍。从院子里的布置来看,巴瓦许多空间的艺术作品应该出于拉奇。随性空灵,出门的时候,经过一条深深的溪流,司机惊呼,手指之处,我们看到了一尾水蜥蜴。据说在斯里兰卡看到水蜥蜴是吉祥的象征。

斯里兰卡的少年似乎特别爱运动,到处可以见到板球练习场。从庄园回来的路上看见一个少年光着脚骑一辆自行车,到了眼前,我才发现他手里提了一双粉绿色的跑鞋。农田里的稻子已经割完了,一个父亲模样的人,在田里装了排球的网,带着几个孩子在打排球,真是让人感到意外的幸福。

抵达木托塔。入住巴瓦早期作品沙滩旅馆。7小时车程,好在中间听到了一首最新的斯里兰卡流行歌曲。沙滩旅馆的细节非常用心,听说有关项目的会议开了近两千次。核心水池外围建筑的檐口标高刻意压低,耐人寻味。夜里下了很大的雨,空气潮湿,空调都显得无力,巴瓦在每个房间都设计了吊扇。

卢努甘卡庄园的这块地是巴瓦回国后购买的,从1948年开始建设,几乎是巴瓦建筑实践的基地。地块大约15公顷,除了地势变化,还借了卢努甘卡(老的湖)作为依托。所有的房子似乎都是原地里生长出来的,尺度宜人,菠萝蜜树、板根树、橡胶树、肉桂树,高大的树几乎把天都遮住了。有风过,如同雨落。巴瓦的身高将近2米,一个迟暮的老人,坐在湖边的椅子上,不知道在想些什么。密友澳洲的唐纳德雕刻赠送的锡兰豹子,静静地躺在码头的石阶上,如同他刚刚来到此地。

途经巴瓦设计的天堂之路别墅酒店,虽然只有15间房,但公共分享空间之大让人已经感觉不到是在酒店里。陈设极棒。巴瓦的设计之妙,在于对待老建筑,老院子,甚至一棵树的尊重。

采光、通风、地貌、动线、植物、灰空间，这些都是巴瓦作品的特点。但是，在这些特点里却没有设计专业带来的束缚。有人说他的作用如同"地方的神明"，我想这样的建筑与景园让人感受到的生命启示，的确是超越建筑本身的。

赶上了灯塔酒店的落日。每一次去另外一个远离居所的地方，似乎都是一次对于时间的校正，谁都不知道哪一种时间安排才是属于自己的。我看到玻璃窗上红色的光芒逐渐消褪。巴瓦的设计总是让人有不同的惊喜，入口处拉奇的铜合金主题雕塑是这里的灵魂。

经过加勒小镇，加勒是葡萄牙语公鸡的意思，突然就想起澳门买卖街那家公鸡餐厅了，门口的花很好看。到达巴瓦设计的阿洪加拉遗产酒店，大堂前的泳池与海水在视觉上重叠在一起，那些不同颜色的柱列，尺度控制很好，显得气场极开阔。迎宾妹子眼睛真大，用一根银制的勺子盛了些冰糖香料什么的，又充满仪式感地倒入我的掌心。尝了一下，不那么甜，滋味特别，有点催眠的意味。也许今晚能睡个好觉了。

阿洪加拉酒店保留了几十年前巴瓦设计的原貌，也许是因为这里的海岸线过于平直，巴瓦才把大堂设计得更为通透，让人欣赏到海的另一面。人有差异，海也是不一样的。同样是一片水，海岸线的变化会让海显现不同的状态。遇到一对新人在拍照，用了那一张巴瓦设计的双人椅。与许多婚礼一样，女的开心明媚，男的心不在焉。以往也参加过几次婚礼，男的似乎都不那么开心，目光不确定。可能是积蓄与兴趣都用光了，信心还没能及时跟上吧。从大局观来说，男人大多数时刻比女人幼稚。

离开斯里兰卡，最后去看的酒店叫碧水酒店，也有译成深海酒店的，但中国人可能都觉得叫成蓝天碧水的碧水才合乎情理。我们擅长把美好的东西定义成固定的词语意象，比如绿水青山，比如碧海蓝天。未见得好，但似乎又没什么不好。总之，巴瓦便在这么一个名字"乡土气息"浓郁的酒店项目之后停止了他的职业生涯。当然也停止了他的生命。那时应该是在1995年前后，巴瓦在他的最后一个项目里寻找到一些突破，比如一处具有神秘气息的 SPA 会所。当时巴瓦中风后已经坐轮椅了，一位在当地被誉为"国宝级"的设计师，一位自恋的敏感人，如何面对自己生命消亡中虚弱的身体？这是一个迷。回想到这一点，我忽然感觉到那个以绿坡掩盖的 SPA，更像是一处带有神秘主义风格的灵修地。分别往上的，往后的两个深深的圆洞窗，是接近上帝与回望人间的两种寄托，更是巴瓦留给这个世界的深深一瞥。

旅行日记

1

昨天转机,临近机场的时候,天空中忽然见到一条与地面近乎垂直的彩虹,明艳,清晰,在上方保持了一种很稳定的弧度,像提琴的某一个局部,鼓起的地方有饱满的光泽,接近更高的天空。土地上沉郁的林木,如同打开一本陌生又安静的书,那些字一棵一棵地直立着,明白无误却无法阅读,因为那种直立是深深地渗入并融化在泥土之中的。我辨识不了这样充满生机的文字,那些笔画过于鲜活,随时随地成长蔓延。远处的云,带着绒毛的触须，与河流一样迅速地流动着。图图说，这儿的云与南京河西也无大异，这到底是一个天啊。是啊，天涯此时，时间与空间，这里依然是河西，只是更西而已。

女王的家附近，有泰晤士河的一条支流，天鹅成群。据说所有的天鹅都算是她家养的，所以不能动它。我们只是沿着小路随便走走。想起成都杜甫草堂，以及那条烂漫的花径来，"黄四娘家花满蹊"，贫穷与富贵该如何论呢？离开南京那天，在城南小坐，桃叶渡的茶水是清淡的，有市俗精神的余香。作为一个冷静的观望者，我无意换成消费的心态。就像图图说的，英国更像是一个悲剧。天空冷冷的蓝映照下来，近乎固态，似乎在水下有薄薄的一片，天鹅的黑掌一拨，便四下散了，仿佛大英帝国过去的辉煌。

2

下午经过哈罗德商场，建筑的外立面看上去挺有修养的。老板是中东人，与黛安娜出事的那位男子，就是哈罗德的少东家。今天恰好是一战纪念日，查尔斯王子正在广场搞纪念活动。人流如潮，红色如炬，两两相对，物是人非。于是感叹山水草木人情人心。过广场，有丘吉尔像，丘吉尔说过一句话，大意是"我宁可失去十个印度，也不能失去一个莎士比亚"。莎士比亚的确是英国的，但怎么好用印度比呢？占领那么多年，获利无数。这种比拟，有失厚道，当然这与他的家族传统相关，想得到，也没什么意外，所以他是民族英雄甚至拿到了诺贝尔文学奖。河之两岸，高技派的建筑不少。据说南京双子塔是请扎哈做的，江边还建了南京眼，用这只眼睛看什么呢？这是一种进步，还是一种倒退？

从泰特美术馆出来，雨已经停了，天色忽然亮了起来。站在千禧桥上，金属材料的质感带来一种轻巧的体验。风从脚下穿过，人虽没有御风之态，但手指间的确是有风存在的。在泰特的涡旋厅，沙尔塞朵《口令》的痕迹还在，我与图图顺着那条著名的裂缝一直走到了大厅中间，那里一片空寂，似乎还能见到艾未未《葵花籽》展出时的大阵仗。"人人都是向阳花",我与图图说了些小时候的事,他表情漠然,对于我的这种类似的记忆,他一直表示怀疑。在出口的一处坡道上,我停下脚步,我问图图,你觉得艺术是什么?图图说,"我现在有点累,艺术应该是一把有舒适度的椅子。"

3

今天是一战纪念日,在塔堡外面,也就是原来护城河的草地上,有人用88万朵特别材质的罂粟花布置了一条红色的河,纪念因一战逝去的生命,肃穆又奔动。这条从墙上悬挂下来的河,穿越草地,一直流向河湾,气氛极佳。这种怀旧之中有创意的思维耐人寻味,换个角度看,创新与怀旧从不矛盾。饭后,与图图在河边站了一会儿。泰晤士河两岸的灯亮了,天色未黑,余下的蓝光十分美好。街道上小馆里外坐满了下班的人,看来回家前喝一杯,是一种不错的习惯。因为从塔堡外的经过,晚上写了一段文字,"从无名窗口跌落,塔堡的背光冰冷,子弹坚硬如冰,击碎呼吸与浪花,破灭的可怜的罂粟之红,88万次的战栗,死于孤立的荣光,身在阴霾深暗的海峡。"

地铁,如同红色旋风一样进站,映红了站着聊天的两个年轻女子的脸,明艳如花。当初,英国人最早搞出了地铁,马经常会被地下冒出的黑烟吓着。地铁站里充满了过去的气息,真喜欢英国人这种惜物怀旧之心。圆形的小车厢,弧形玻璃,在座椅里安静地往外看去,《猩球崛起2》的海报触目惊心。一个多世纪,一晃而过。

回住处的路上,经过海德一号公寓,售价66万人民币每平方米,贵极。古人说,"常倚曲阑贪看水,不安四壁怕遮山"。大块的玻璃,如同隐去的墙壁。当下的世界纷繁莫辨,人心又偏偏永远有那么多的贪念。除了买楼看山,还能做点什么呢?但也有人说过"不畏浮云遮望眼"的。忽然间,就想起章云家的烤鸭来,老卤,皮脆肉干,那也是人生之中的另一番好处。南京已入秋，算一下，等到回去的时候，螃蟹也就快要上市了。

4

到达剑桥，天色近暗。在路的两侧是大片割完的麦田，满满的沉着的金黄色，农机与村舍遥遥可见。住处房子的外面，是大片的草坪，草坪内有巨树，缓坡，以及巨树在缓坡上拉长的阴影，一匹不知何用的白马正走来走去。事实上许多事物是不必想用处的，一想便寡味了。我固执地站了一会儿，也许再站一会儿，白马存在的意义就变了。下午，在跳蚤市场淘了一本关于战争史的老版本书，算是给图图的礼物，书的封面就是一匹战马。此刻，眼前的白马淡淡地吃草，如同太阳缓慢地落下。遥远的山丘，白马光滑的肩背成了一条发光的弧线，最远的便是那团落日。"自觉一刻到秋凉"，寒气略微，衣薄难胜，便返身回行了，推门入屋，灯火暖意如同英式热茶在握，只是不知白马今夜住在何处。

康河的"柔波"够凉，濯不了足，只能掬水听野鸭争食。因为半仰在船上,所以视线低近水面,水波中多是曲折的倒影。去斯坦福德镇的路上,一直在下雨。萨翁故居在乡下,所以雕饰不多,且有天然意。48岁归隐,合乎天意。那一年大约是万历四十年,中国宣布了海禁,文人们在自己的内宅园林玩得不亦乐乎。萨翁的房子,虽然是后建的,但从屋顶到外立面,朴素贴切,古意可同宋元园林。元人的园亭小景,只用树石坡池,随意点置,以亭台篱径,映带曲折,天趣萧闲,那种审美多有自然随机之意,无意精巧,反得神韵。今年专门去过苏州沧浪亭,发现与20年前大有变化。原先的野逸气没了,河岸对面新建建筑体量之大,让人扫兴。不知南京门东的芥子园如何修建?李渔比萨翁小40来岁,可惜他们不相识。

喜欢住小镇的感觉。在莎翁像的附近,晨练人也不少,没有大妈舞,好些人相互都认识,散步,遛狗,打招呼。人心定,世事亦安。小镇一直修,但印象完整。我们的修缮为什么每次都要急,要风风火火一次性完成,前不做细化方案,后不留调整可能。

决策者不急时，谁也不急，因为多做多错，决策者急时，便打群架，苦劳多功劳少。人的职业幸福感在何处？想起渔池岸27号，现在易主了，还可能去住一住吗？不知道。昨晚碰到的一双老夫妻，此刻在船舱里玩纸牌，船是停着的，天鹅在水的另一侧，逆光游来，安祥之极。回住处碰到一家人在举办婚礼，长幼有序，过程简单而有深情。

5

"空山新雨后，天气晚来秋。"一路的雨，一路的丘陵山地，温度也越来越低。牧场中懒散的牛羊，独立的马，巨树之下的小教堂，还有激飞的云雀。喜欢苏格兰，因为有一种自由独立的精神。格子布，风笛，华莱士与酒。经过大象餐厅，哈利波特的诞生地。J. K. 罗琳，一个平常的女子，成就她的也许只是安静的心。因为刚好赶上了爱丁堡艺术节，街上的人很多。走去街心教堂里，听了好一会儿唱诗班的练声，无伴奏，简单美好。在和声分部里，我们无法忽视旋律本身产生的力量。那是一种超越权力的力量。我想在设计里出现的一些权力背景下的成就，其实本质都是软弱的。

晚上点的主菜是焗鸡脯肉，酱烤猪排。英国人的菜也还行，没有传说的那么差。爱丁堡艺术节每年都要在城堡外搭建临时舞台，艺术节结束再拆除。我仔细看了下，搭建极其周密，各环节控制得很好，因为下雨，甚至每一盏大灯，都有专门的罩子罩着，真敬业，或者说真专业。更多的团队是在小馆或小剧场表演的，虽然节目小，但专注，节目单与海报也是用心去做的，看起来还是很有设计感的。

6

渡过爱尔兰海，船务公司服务极散漫，不是浪漫那一种慢。好在所有人都比较安静，坐船上闲聊挺好。船行不快，间歇有雨。海水特别的蓝，深沉，浪几乎都是无形的，偶尔有一两只海鸟飞过。云彩的变化奇异而多幻，有一刻像极了中国的水墨山水，横向的云朵，浓淡干湿皆具，似乎重峦叠障，长溪平湖逶迤而下。已是九点的时辰，阳光虽西沉却远远地保持着灿烂，那些云彩让它或隐或现，有时从厚云的背后下彻，如神光乍至。抵岸的时候，心才落实下来。不远处即是泰坦尼克号诞生的船坞，但是我一点去看的愿望都没有了。

　　翡翠绿岛的雨，说下就下，说停就停，人是无法抵抗这种安排的，当然也无需抵抗。满街都是手执雨伞的人，这种天气恐怕就是滋生文学的天气。四百多万人的地方，出了四个诺贝尔文学奖得主，叶芝，萧伯纳，写《等待戈多》的贝克特，还有另一位诗人谢默斯·希尼。但这事是不能按人数分摊的，按城市人口算，南京人最少也应该拿下八个了。都柏林，翻译为黑水潭，真是直白，虽然比不上雁渡寒潭有意思，但不矫情也是美德。桀骜不驯的王尔德塑像，坐在路边的石头上，百无聊赖，入了神。去小馆喝黑啤，伟大的乔伊斯就住在街对面。我与图图走过去，那是一个上坡，帕莱尔街35号，门前有花，金色的花环门扣在夕阳下发光。门关着，从窗看进去空寂无人。《尤利西斯》太深，一直读不下去，但不碍在门口石阶上小坐一会儿。路边，一位长发的男子，蹲在地上极耐心地系一根绳子，在一个黑色的电线杆上，然后又把面包掰成小块，夹在绳子与杆子的接触面上。这是一个谜。想起小时候读过一本什么书，说萧伯纳在自家院子里做的书房，不大，可以转动的，所以书桌可以一直对着阳光。真是一个天真的想法。叶芝的《当你老了》有名，但我喜欢另外一首短的，"虽然壮歌不再重唱，我们有的也乐趣幽深，岸边的卵石咯咯地叫，在海潮退落以后。"我想说，GU1NNESS啤酒不错，都柏林不错，他们都不错。

在一个庄园，我写了两段话，其一是，"忿恨荆棘与阳光，崭新的盔甲埋在土里，长出金属的花。"另一首是因为发现了一处日本式园子，"池塘静照的石头，年岁如彤云流动，高松垂怜鲜美的裙裾。木桥如此之浅，水声新叶滴翠。人们每天经过，却不知归途即是来路。且坐在疏木亭中，聆听山上城堡的号角。"
不知道为什么，我就是想直接写下来。

7

街头有演艺者，围观的人多，仰着脸憨笑。图图说，外国人的憨笑真实在。街边施工围挡，工人正在铺石块，其中一个举着大皮锤，一下一下地往下夯，大力地夯。不远处，一个大教室的山墙，裸露在阳光中，呈现出一种曝光过度的效果。旁边一幢楼的阴影倒在上面，看上去像塌掉了一角。我与图图要从那塌掉的一角拐进去，去找一家所谓的诗人酒吧。小巷里一个小男孩在弹唱，他可能没抢到好的地势，几乎无人听，但他唱得用心，白皙的脸上每一颗雀斑都涨得深沉。沿着街巷，铺子外面坐满了饮酒喝咖啡的人。何处不是诗人酒吧呢？有人说，"任何时代的生活都是日常生活"，我觉得这话讲得真好，很公平。图图买了一种叫PERON1的啤酒，我们父子在一个高台边坐下。音乐散漫，一个女子在独唱，配乐有一段是口哨，有瑕疵，但真实可靠，是落地的音乐。以前有一首爱尔兰歌，《夏日最后的玫瑰》，多么打动人心。现在这首也不错。吧台的姑娘抬着下巴，扭了好一会儿了。她的眼睛可真的漂亮。说什么呢？总想与图图安静地说会儿话，但真的坐下来，却发现不知道说什么了。他给我加酒。他说，爸爸，你有点老了。是的，儿子，上帝也老了。

想象的懷舊

海螺巷

那一年八月刚过的时候,我搬到了海螺巷。古人不必写半年工作总结,所以他们可以用一整天的时间来聊天看云,并依着时节与心情过日子。二十四个节气的确可以让人体会到天气一点一点的变化。那种细微的变化,如同紧贴着我们一根一根的汗毛发生的。刚刚立秋,皮肤的表面就开始干爽起来。南京的天空也变得更空,秦淮河的水经过几年的治理已经不臭了,邻居们也不再把垃圾直接倾倒在里面。回想起来,人有时候其实挺说不清楚的,骨子里都有点邪恶的念头。比如说这倒垃圾吧,也会有相互攀比的心。比谁倒得多倒不见得，比谁倒得轻松是真有的。

南京城以海字打头的巷子有两条，还有一条叫海福巷，在城外。海螺巷不长，东西方向，一头连评事街，一头至水西门，两侧都是居民房子，房子的形态也是各式各样。有几户连院，低伏在几棵硕大的枇杷或玉兰下面，似乎还透着过去大户人家特有的隐秘气息。在巷子的中段，有一个少见的小弯。迎面走路，不小心就会碰上。那弯曲的弧度像个螺的背，光滑，神秘。南边的房子，过去都是河房，现在好些已经大修过，沿水的老建筑几乎都拆干净了。房间外面依旧是秦淮河，只是河岸的形态再也没有了过去的幽深变化。事实上，在海螺巷还是有些东西从未变过，比如一条奇妙的风线。风线是从水里升起来的，在仙鹤桥边上腾空，然后转向几家山墙上的荒草，接着，又降下来穿过整条海螺巷。这种情况，每天只一次，大约在九点钟的时候。平常这个时间，巷子里的人极少，上班的上班去了，买菜遛鸟的还没回来。开始觉察到的时候，我是很激动的，以为是个什么重大发现。后来，邻居汤疤子一脸不屑地说，就是这个样子的啊！多少年了，大家都晓得的啊。你真是一个呆逼。是的，真是一个呆逼呢。

　　城南人骂人就是这样子。同样的词，夸人有时候也是这样的。城南的院子总是会长出些轻浮的东西，墙角的花开得细小而繁多，灰暗又散漫。空气像一个又一个圆形的气泡，那种懒散近乎轻佻，以至于我的鼻腔多出了一种药物的气味。天牛无法下水，攀在一条干瘪的石榴枝干上，摆头弄尾。它与我一样，虽然慢，但并不怀疑自己的命运。从现在开始，每隔一刻钟，我得把丝瓜藤蔓的汁液浇灌在自己的手臂上，类似浇一盆月季。几天前，我被一杯开水烫伤了，不严重，但也不简单。汤疤子出的主意，讲以前都是这么搞的。烫伤的表皮因为浇了丝瓜藤蔓的汁，凉爽了许多，温度似乎也下降一些。起床之后，我就已经把丝瓜藤蔓的汁放在冰箱里了，如同把自己的影子埋在檐下最凉快的阴影里，守候门前的凉风。

　　九点钟过后，我会坐在一张宽大的板凳上，对着南窗临池，每天写一页,如同当年的一位姑娘对镜成妆。窗口好像是一个镜框,河流撑着船,一会儿往前,一会儿往后。有一艘船停在窗的另一侧,像是昨天晚上坏在这儿的,篷上有早上新鲜的鸟粪,黑色的,点点滴滴,一大片。街道上新种的一排香樟,真不是什么好树,不落叶,还挡光,连鸟吃了果子,都拉不出好屎。

立秋之后的天空,总染着一点绿色,延续了水影与桨的声响。那声音真是个新鲜的摆设,如同一个破旧时钟的河殇。修船师傅戴了个施工的安全帽,我不明白修一个船上的发动机与戴安全帽有什么必然的联系,我想此刻马达应该已经震得他手心发烫了吧。不知道什么原因,时间在河边上就会显得慢一点。现在,谁还在乎指间漏掉的辰光呢,光是微信点赞的时间就可以为每个人修一座塔了。

透过窗,远远的,还能看到那座有风起来的仙鹤桥。仙鹤桥在过去名头很大,从明永乐年开始,每年中秋节,都会有一对仙鹤飞来,在桥上方盘旋数圈,待月满的时候,再凌云而去。民国二十六年的中秋，非常奇怪，仙鹤没有出现，而等待看鹤的人因为战事临近，似乎也没有在意。这不在意不要紧，但仙鹤一下子就消失了，再也没出现过。城南的人乱了神。他们无法想象没有仙鹤飞临的日子。抗战胜利后，他们从东郊石锁村请了石匠来，在桥头雕了两只鹤，一雄一雌，一高一低，挺祥和的样子。从此，他们又开始安心入睡了，而真的仙鹤对于他们也就渐渐没有了意义。

过了十点，那条风线就会又回旋到这里，并淹没在来源的地方。在这样一个偏僻的以海螺命名的巷子里，我把一页写好的字团了起来，放在桌子的另一边，膨松之极。而后，又松懈下来，像一种发出呼哧呼哧声的膨化食品。城南，到底还存在吗？沿着秦淮河的房子，一幢一幢地正在消失，如同一去不返的仙鹤。剩下的是一条空气中流动的河流，是风，是一条记忆中的线索。对于过去，或者未来，我们总得找到一些这样的线索。此刻，在眼前松弛的桌面上，我似乎听到了比秦淮河更远的海的声音。

动物园的爱情

1

第一次听说，人也是可以被驯养的，叫什么斯德哥尔摩症候群。是真的吗？真是一种匪夷所思的毛病。

这几天南京的天气忽冷忽热，阴晴难定。我不知道你为什么一定要去动物园，如果你决定了，我当然可以陪你去看。对于那些动物来说，我们只不过在铁网的另一面而已。顺便告诉你，南京的动物园很早就不在玄武湖了，搬去了红山。动物园大搬迁的时候是个有太阳的下午，空气中弥漫着一股淡淡的骚气。他们安排我牵了一只叫"白下"的老虎,走在漫长的队伍中。队排得很长,从玄武门一直到城北的十字街。我想,那一批的动物现在早就死掉了,像死掉了的许多事情。我对现在的动物也没什么兴趣,它们活得毫无尊严,它们的表情与现在的人一样轻浮。好了,不多讲了,上班了。你到南京机场时微信我。

2

在动物园工作的那几年,我对于动物的相关知识一点也没有增加,身上的动物味倒是添加了一些。比如走路,比如吃饭的速度。真的是快。

1993年冬天,再次遇到你的那一天,你已经胖了许多,像观音姐姐。我们坐3路车,你说我的棉大衣破了。我低头看了看腋下,有种莫名其妙的害臊,我说,真的是呢。

还记得吗?中午,我请你在一个叫蓝鸟的餐厅吃的饭,点了炒鸡块,还有一盘清炒菠菜,菠菜真绿。可能因为没有切或是洗得太过百转千回了,我一筷子下去那一盘菜就都到了我碗里。你一直安静地看着我吃完,如同动物园里那些有同情心的看客。那时候动物园的天空总是很蓝,一个看客爱上一头动物是多么容易啊。

3

玄武湖的荷叶是出名的,过去街上卖鸭子的有拿荷叶打包的传统,鼓楼的南北货商店,夫子庙的板鸭店都是这样。玄武湖的荷叶在每个季节都是独特的,在春季暖和的风中却显得格外残酷。因为春风一到,动物园里便充满了交配的气息。这种气息让动物们失去了原有的自尊,它们变得低三下四,就差在土里挖坑降低高度了。就像张爱玲说的,低到了尘埃里。有只孔雀开屏可能开得太久,似乎已经忘记了如何关闭,从铁网外看去,像一个疲惫的女人拖着一件极其名贵的大衣。当然这个比方是站在男性角度上说的,实际上开屏的孔雀都是公的。

那段时间，我给你打过无数的电话，一个比一个长，一个比一个无耻。为了能多讲会儿话，我在那些无聊的语句里填写了若干毫无意义的逗号，那些停顿让我口干舌燥又充满希望。应该说在1993年，玄武湖的长途电话亭是全南京最幸福的电话亭。我握住听筒的时候，都能感觉到那根线的真实性，那些存在过的话一句一句地沿着湖边的柳树，往着紫金山的方向消失而去，直到成为一个闪亮的点。

后来，我才知道紫金山那里的确是有个闪亮的点的，那是头陀岭上灯塔的灯光。这算是真实与真实以外的一次对照吗？

4

鸟粪的气味实在是最有天才的一种气味。野蛮，有力，细细溜溜的，一直能抵到脑门上。以至于现在我只要看到笼养鸟，那种味道就会立马出现在记忆里，记忆犹新。鸟笼里的地面虽然每天都有专人冲扫，但这丝毫不影响这种气味的散发。有一阵子，我从梁洲那边往回看，那种气味似乎换成了图形格式在动物园上空盘旋，如同织网，梭来梭去，一刻不歇。

一般来说，下午的时候我会出去，在湖边走走或者干脆回去睡一觉。老T是分管我的领导，虽然才过五十，但头顶上头发谢得厉害，左右侧面还剩了些三三两两的残兵草草地互相支援着。他的发质特别好，稍有弯曲，所以一旦分开，长长的垂挂下来特别顺溜，近似年轻铁木真的画像。老T一般不会管我，他喜欢远远地用一种刁钻的幽怨的目光看着我，一声不吭。原因其实也很简单，有一天，我悄悄对他说，你摸扫地小黄姑娘的屁股了吧？他一下子僵住了，像鸟笼里那棵枯死的树。我说我是听秃鹫讲的，它看到的。秃鹫？没听它讲过什么话啊。你不知道吗？秃鹫知道我听得懂才说的。老T缓缓地抬起手，理了一下布局均衡的头发，没有再说话了。此后，他就改作怨妇状了。我知道他在找我的漏洞，或者说他在等待找到我漏洞的机会，但我没给他机会。有一回我曾经有意把网拉开了一个洞，放走了几只特别想走的灰雁，他们没有发现。

我坚持在湖边行走，与其说是散步，倒不说是一种寻觅。后来，真的，告诉你，我真是找到一个漏洞了，一个有关玄武湖的真实的漏洞。

5

你到了吗？我在机场，似乎没见到你。

今天南京又下雨了，你带伞了吧？玄武湖现在的人一直很多，与以前大不一样了，门票取消后，开始流行一种绕着水岸走路的运动，走湖，那些人都是这方面的高手，他们可以边走边做其他事。听音乐，吃瓜子，谈家常里短，夸张的还能打毛线。翠洲边上原来的万人游泳池也关门了。记得吗？我们去过一次的，当时我俩都穿得整整齐齐的，比泳装多好几倍。我们坐在水线后面的水泥台阶上，台阶是温热着的，还散发着白天吸收的热量。你说你听到江水的声音了，我不信。现在看来，你当时听到的恐怕真的是江水的声音呢。

6

我说过我坚持在湖边的行走,不能说是散步,应该是一种自然而然的寻觅。那个关于玄武湖的漏洞像个透明的影子,渐渐显现在光天化日之下。

那天我依旧是从梁洲走过去的,但不知怎么就走向了一条长长的土堤。土堤很窄,最窄的地方已经断了,两侧都是混沌的湖水以及拥挤的荷花。

世界上许多事情就是这样,譬如走一条不知名的路,譬如谈一场不合时宜的恋爱。不是不想选择,而是根本没有发现那是一道选择题。就像你问我的,一个学设计的人为什么会在一个动物园里工作。那天下午,我沿着那条堤,越走越深,也就越走越低,低到我发现一朵特别明亮的荷花出现在我肩膀一侧的斜上方。那朵荷花背后的天空是多么蓝啊,蓝得白云显得更白了。眼前的那块空地，足有篮球场那么大，周围的土湿湿的，似乎随时有淹没的可能。

心跳得好快。

也就是在那里，我听到江水的声音，非常清晰，还有江上轮船的汽笛。当然，我也想起了你。

遥远的哈河

到达阿尔山金角沟,天已经黑了。没有灯,接我的人把我安顿好,就反手拉上门走了出去。窗外,只有很黑很黑的天空。

清晨,鸟叫声从屋顶上掉了下来,落在被子上,叽呦叽呦地响。捕鱼王姓王,是我的房东,村里人都吃他捕的鱼。此刻,他穿了一件黑色的胶皮衣服站在门前的河里,安静得像一棵枯死的树。哈拉哈河的水特别清,黑暗亮滑的水,有一种下坠的重量感。河岸边长满了不知名的杂草,颜色无法描述,反正有点神秘,谜一样的绿。河的上游有座铁索拉起的吊桥,吊桥中间的木板下挂得很低,似乎快要沉在水里,有人走过,便发出呀呀的声音。

在这个废弃的林场,捕鱼王是拿工资的,每天的工作就是清理两个硕大的垃圾桶,它们相距大约250米。这也是整个村子的长度。彭马爷子,是我的邻居,80岁了。当然,这也是我后来才知道的。他早上不知去了什么地方,此刻远远地从山坡上下来,骑一匹灰色的花马,如同矫健的少年。彭马爷子是广西人,抗美援朝时的飞行员。我想他一定有许多故事,后来的几天,我一直试图靠近他,但是他只是冷冷地看着我,眼珠里泛着哈拉哈河的蓝光。他说他不想说什么,这样挺好。是啊,怎么不是呢,老而少言,是件多么难得而且有修养的事情。

晚上,捕鱼王骑了摩托车带我去镇上吃饭。风呼呼地从我肩上掠过,两腮的肉微微颤动,如同戏台上插了背靠的花脸。我想唱上一句,但一开口,只听到一声长长的"啊"远远地摔在了身后。黑林子就在镇子的边上,外地来的,那些采蘑菇的人都在黑林子那儿歇着。他们蹲在路边的砂石上,神情诡异地啃着面饼,像磨菇一样。

再回到住处,已经十一点了。彭马爷子喝了酒,在隔壁打鼾。因为睡不着,想出去转转。我想起记忆里的笛子了,这笛子在记忆里放了四十年,我一度以为自己不会吹它,或者说它根本不可能响。但那晚实在是个奇异的夜晚,我绕了村子走了一圈,笛子也响了一圈。满村子的牛都叫了起来,星空之下,黑林子像个巨大的帐篷,帐篷的上方,遥远的天池发着蓝色的光。

阿尔山一直有种深深的孤寂存在,就像埋伏在山岭后面的雨云。上世纪初,日本人在的时候,金角沟是他们的疗养地,因为在哈拉哈河左岸的黑林子里,他们发现了温泉。黑林子深沉寂静,即使在白天,那些白色的雾气都会缠绕在大树的躯干上,一匝又一匝,空气中嗅到的都是针叶林新生蔓延的气息。

村子里发生了一件事情。

彭马爷子失踪了。那位目光如映水蓝的老骑手,连同那匹灰色的花马。据捕鱼王说,当时他正在门口磨他的鱼叉,鱼叉在夏季的夜晚闪着淡蓝色的莹光，并挥发出一种乳白色的液体。他听到隔壁彭马爷子的鼾声忽然间消失了，然后一团黑影撞了出去，与那匹水墨灰马一样的快疾。可能与你吹那个笛子有关。捕鱼王犹豫了一下，接着又肯定地看了看我，是的，是你的那个笛子。笛子？是的，哈拉哈河是东北、西南走向，夏季行凄风，冬季行炎风，笛子的声从穴而生，声音顺水下行，可能带动沙震了。震金以阶，六马仰秣。这是要天变啊！那一刻捕鱼王的眼神像极了彭马爷子，那种冷冷的充满旋涡的目光。

天真的变了。一连几天，都浮着霞光，从深蓝一直渐变成金红。彭马爷子再也没回来，林场派了马队出去找了两天，也没有任何消息。

傍晚的天空亮得像是早晨，从门口看出去，一直能看到河对岸的远远山坡，绿色漫天，低下来的云，厚重又形态出奇充满生机。窗外湿漉漉的，窗玻璃上早已糊成了一片。我用手在上面按了一下，又点了五点，那是一只金色的脚印。

隔着窗，从金色脚印的那个地方看出去，黑林子缺了一角。据说彭马爷子灰马的足迹，最后是在那里消失的。那马是很聪灵的。之前的一天，我曾经见识过它的能力。当时，我正坐在河边看书，似乎是关于萨满教的一篇论文。有一阵子，我出门总喜欢带几本与目的地相关的冷僻的书。事实上，金角沟是没有萨满的，整个林场的人都是过去从部队下来的。断崖上，有一句刷白的口号，因为时间关系都模糊了，依稀可见的，是最后的两个字，奋斗，加上一个特别粗壮的感叹号。阿尔山山谷夏季的风像是一种持续的拉扯，没有那么刚烈，拉扯多了，甚至有一点柔软的感觉。哈拉哈河的上游是天池，从山岭后面绕过来，流速平缓了许多。捕鱼王站在哈拉哈河里，依旧穿着他的那件黑色胶皮衣服，上面补过几个洞，有块状的胶皮，其中有一块还是暗红色的，总之，看起来像一个补旧的轮胎。轮胎一句话也不讲，他贴着河岸摸来摸去。有一刻，他的脸几乎要掉进水里了，下巴上金栗色的胡须碰到了水，显出了一种金属的质感。捕鱼王似乎是用听觉捕鱼的，上游下来的鱼快到的时候,他几乎是静止的,连同呼吸。所以,彭马爷子骑着他的灰马穿过河流前,捕鱼王与我甚至都没察觉。那灰马应该有异秉,它看都没看那半没在水中的吊桥,径直斜斜地从河水之中蹚了过来,河水几乎平了它的鞍,当它从水中一跃而上,刚好是对着我的方向,鬃毛上抖落的水珠成了一面圆形的雾气。它的目光与它的主人一样冷峻。这一拨鱼,捕鱼王一无所获。他轻声地叹了口气。他说,都老了。

天池在山顶的平台上,听说风景很好,但我并没有上去。用捕鱼王的话来说,其实也没什么好看的,只是水里的鱼大一些。

彭马爷子依旧没有找到。

阿尔山的白天越来越长,夜晚越来越短。女人们叽叽喳喳地议论,那些采蘑菇的人是这么唱的,"我们之前生活在此处的人们,在草甸上收获浆果。他们歌唱大地上的河流,月亮,灰马与洗浴的姑娘。"歌声算不上动听,但用桐木做成的火不思琴,真的精美。

我想我必须要回去了，留在市里的助手在网上为我叫了辆车。天池距离下面有十几公里远，这算是条最近的路了，但这条路现在还仅仅是一个想法。市里文旅公司的人来了好多回，背了仪器测了许久。按照设计，这路务必要通过彭马爷子的牧场。那是个向阳的坡地，彭马爷子的八十多匹马，都在那儿吃草。他失踪了，那些马在干什么呢？它们会比人更懂得怀念。金角沟的年轻人多数出去打工了，路上几乎见不到什么人。细石子铺成的小路，也散发着零碎的红色的光。

正午的时候，我坐在捕鱼王家那张油花花的小桌子旁吃饭。远远的，似乎是打闷雷的声音，一直传到门口，然后是沉寂，接着又发出一声巨响。我与捕鱼王，还有他老婆孩子几乎同时冲了出去。没有地震，天空中依旧红光一片。但眼前的那条河，那条叫哈拉哈的河忽然不见了。河床异常的干净，没有泥浆，只有浑圆洁白的大石头，在红光的映照下，那些石头与女人的身体一般丰润。

接我的出租车终于来了,远远地停在村子的外面。司机是个黑黑的胖子,黑眼圈一直延伸到眼袋的外廓,打了一夜牌的那种。他丝毫没在意这里发生的一切,只是不耐烦地哼唧着,催促我快点。

快点。慢了吗?一条真实的河流都会失踪,急着赶时间又能干什么去呢?对于阿尔山,我只是一条道路的设计师而已。但对于哈拉哈河,我却是一个逃离的见证者。

下山的路,盘旋反复。车子开得很快,等我再次回过头去,阿尔山已经遥远得再也看不见了。

山河表里

（途中记下的一点散碎文字，一方面是为了方便回忆，另一方面希望，如果你是一位设计师，恰好还没去过山西，赶紧去，那些建筑、壁画、泥塑，真的很棒。）

7月15日到山西。"晋善晋美"这个广告词据说不让用了，现在的广告语是——华夏古文明，山西好风光。不知道谁想的，真是差劲得很。走太洛古道（万里茶路），由高平、长子线一路南下。至一座明万历九年的观音堂，有古松昂立，刚好看到一只白色的大鸟从枝头飞过，我想这应该视为一个好开始的祥兆。

车折向西行，遇法兴寺。虽然是移迁至此地，但规划有序，寺中有咸亨四年建的舍利塔。另有北宋元丰四年圆觉殿，庄严宝相，泥塑美极了。不让拍照，只能安静地多看几眼。崇庆寺藏得深，由当地人领路，还错了一座山头。北宋元丰二年所塑十八罗汉真如神品一般。大士殿、十帝殿、千佛殿之彩塑中，尤喜一尊禅定罗汉。中国的泥塑与西方的雕塑，一为加法，一为减法，以形达意，中国的泥塑毫不逊色。

第二天走长临线，经李庄，有文武庙。五代前，佛像周围多为壁画，内容以华严经变为主。维摩问疾，佛使文殊去维摩诘处问疾。罗汉是赠人玫瑰手留余香的，而菩萨是赠人玫瑰心无挂碍。以基督教的话比方佛教，倒也是没有什么分别心。壁画大多以粉本为形式构图定位，一般是在纸上画稿，然后以小洞成线，粉包扑击成色。张宇飞先生说，道家的庙在高点，佛家的庙在空白点，儒家的庙在关节点，俗家的庙在六秀之地。这是一种来源于生活的总结。

原起寺。唐代的经幢，五代的大殿，尤以宋元祐二年的砖塔为胜。塔顶有8个铁人，塔身共计有56只铁铃。无风自然就没有听见声音，但又分明有声音不停地响起。下山的时候不由便想起了苏轼，想起了元祐党争。至大云院。五代时期建造的弥勒殿，木结构气质安稳。此处因净土宗《大云经》得名。同时期天顺元年的壁画，主题也为维摩问疾，水平之高，让人感觉到画者的全场控制力。壁画没有做粉本，是直接在墙壁上淡墨起稿。山水技法已见皴法运用。宋元时期，常被后人称为中国艺术的黄金时代。在这样的黄金时代，山水画本身也成就了一座高峰。

深山藏古寺，下午转去龙门寺。这座寺藏得巧妙，山，寺，殿、厢，起承转合，如同画卷。五代，宋、金、元、明、清各余有一殿，算得上古建筑博物馆了。明代壁画尚存一壁，大殿左柱，还留有一页八中全会报纸头条残迹。太阳快落山的时候，终于赶到了佛头寺。过烟驼村，穿越古道石门，至寺前平台。打电话，

大同泥塑手绘　陈卫新手绘

等村里人开门。山风打冈上过，又从门缝间冲出，算得上是有一片清凉。有趣的是，当守庙人赶来后，聊了几句，老太太竟然是一位基督信徒，真是出乎意料。寺内仅余下金代的大殿，内墙有两壁明代壁画，保存不好，但用笔利落大方，清晰可见。日落之下，殿前的树丫之间，有蜘蛛结网，莹光一闪。

17日，至南宋村的玉皇观五凤楼。元代五重檐建筑。明代献亭。此次访山西，所到之处全是国保单位。"地上文物看山西"，果然。至开化寺，宋代壁画，精彩之极。有造像云，微尘世界，瞬间永恒。又至附近乡间，寻见到目前我国最早的民居建筑，大元国至元三十一年建的姬氏民居，完好度超出我的预期，可惜门窗被当地文保单位封闭了，不能入室一窥。接着又去看现存最早古戏台，金代大定二十五年二郎庙的古戏台。傍晚赶去看一座道教的仙翁祠，明代三面围合长卷式壁画，绘玄宗朝元之意。画中人物众多，繁而不乱，皆因画中祥云之助。云由图中仙人开山斧后升起，起起伏伏至起驾处结束，完整地穿插联结构图，技法灵动，不拘小节，但又不逾礼，与之前佛教壁画经变构图的稳定律动完全两样。

18日，青莲寺，原名硖石寺。唐、宋、明，彩塑各有一殿。同样不能拍照，只能多看一会儿。主殿檐下有"勾心斗角"和"走投无路"。台上有碑记若干，其中以明隆庆四年王国光题诗最好。王国光是张居正施政的副手，当地人，留诗于此实在是很合适。后殿有一处明代彩塑，以最右边的大梵天立像最佳。墙角余一碑，书法好极，落款为寺僧某某，时在大金明昌二年。下午，在府城村附近，访玉皇庙、关帝庙。玉皇庙内的元代彩塑二十八星宿早有耳闻，另大殿宋代彩塑与偏殿明代彩塑也颇精彩。诸神的可能，因民间需求而存在。需求多了，神也就无处不在了。关帝庙，过去是泽州府衙，官气依旧，门大开着，感应到有人来，便警报声四起。院子里有几根石雕柱子民俗味十足。有意思的是，一直到离开，也没有一个值守的人来察看。在山西，总能遇到这样的情况，好建筑多，但观者不多，常常遇到一个地方只有我们一队人。

站在院子里，如同站在时光之中，院落空空，墙角有一枝夹竹桃，花朵正在安静地开放。

20日，南禅寺。五台县唐代寺院，现存最早木构架建筑。从南禅寺出来不远，便是著名的佛光寺及其东大殿。东大殿为唐代建筑，门后有些书写颇有趣。想起梁思成与林徽因当年发现时的欣喜，感同身受。

从佛光村去公主村，途中太阳忽然下去了，凉爽，只一条路远远地往大山前进。至公主寺。右侧坡上有小龙王庙孤立，粉墙留有题记，并清道光年间数次求雨实录。庙门不存，门前有马一匹，只顾自由吃草，旁若无人。大殿两侧壁画保存尚好，可惜门前大树已枯死，空旷之下颇有画意。公主寺在修，明代建筑、彩塑皆好，以壁画更精。大雄殿两侧各有一院，供奉奶奶与关帝，且各建戏台一处，延用至今。戏台后场墙上胡乱写有戏词、演职名录、色情小调，鲜活有生气。

21日，登翠屏峰悬空寺，那是令狐冲住过的地方。《笑傲江湖》

中是这样写的，"方证与冲虚仰头而望，但见飞阁二座，耸立峰顶，宛似仙人楼阁，现于云端。方证叹道，造此楼阁之人当真妙想天开，果然是天下无难事，只怕有心人。三人缓步登山，来到悬空寺中。"金庸先生内心实是受儒教影响的，"安排"令狐冲与方证、冲虚站在此处，恰同三晋之地儒释道三教合流的状态。山寺由铁杉木浸桐油而建，建筑悬空如临仙境。下午去浑源县，浑源城关镇东大街，一条街竟有两个全国文保。未到永安寺门口，先听到圆觉寺的铃铛声，塔尖有铁制风鹤，近千年风定如常。永安寺大殿制式规格很高，左右分开各写"庄严"二字，问时间，书刻于1342年。

至应县释迦塔。如何好，用文字很难表达，只是在台阶上坐了好一会儿，夕阳西下，没有看到传说中的燕子绕飞。由应县木塔回大同，车经金沙滩，没有沙，都是树。想起杨家将。第二天，赶至云冈。看完云冈石窟，遇暴雨。当地最低温度只有18度。由大同回太原，一片团雾，长城是没有看到，远远的，一片大山蜿蜒而去。大雁不过雁门关。回头看，标牌上写着，雁门关隧道5600米。

23日，至交城玄中寺，古称石壁寺。因昙鸾、道绰、善导三位大师做过住持，日本净土宗尊此寺为净土祖庭。读《高氏碑》，唐人渤海高氏，为古代女书家之一。此碑正式名称为《唐·石壁寺铁弥勒像颂并序碑》，建于开元二十九年（741年），璞州尉林谔撰文，太原府参军房嶙妻渤海高氏书。金代重刻。"交城的山来交城的水"，离开玄中寺，又遇一宋碑，首句为"天的气力里"，不知何意。晚上查询资料，发现为元代某公主懿旨驸马钧旨碑，建于太宗后三年（1244年），使臣赵国安立石。首句"天的气力里，皇帝的福荫"，我觉得应该是一种口译。

午后至汾阳境，车沿着峪道河前行。有文字记载，在河谷一侧，晚清至民国时曾改过许多磨房为别墅，现多不存，只在一个小学校里寻见高桂滋将军的一座房子。据说梁、林当时暂住的房子距此约一公里左右，尚存基础地台与排水沟。便往上游去寻，找出三四公里，也没有找到。倒是看到了冯玉祥将军的双亲墓，建造简朴之极，青砖垒砌，坡前有黑松若干，与周围树植不同，略带古意。有一段不知何处来的清嘉庆残碑，斜倒在树下，更显得几分落寞。回过头看，峪道河干涸见底，石出无水痕。历史上的许多事情，不就这样吗？说忘也就忘了。1934年，梁林住在此处时，在附近拍过不少照片。老照片中佛像为明正德年间铁佛，共七尊。其中一尊铁佛受了外力，低下了头。同行杨杰先生曾在汾阳地区找了许久，查到过这尊佛的下落，可惜已经没有了头部。去找曾经供奉铁佛的灵岩寺，途中经过金代道观太符观，都讲太符观的悬塑好，我倒是觉得偏殿后土圣母殿的明代壁画更好，甚至可以说不是一般的好。傍晚，至小相村灵岩寺。灵岩寺只剩下药师佛塔了，还有一座砖砌无梁小殿。殿里正跪着一家三口，几个和尚在颂经，其中两个戴着耳麦，一唱起来，声音便扩大了，带着回声升高，一直升到拱顶。出来，天已经黑了，不但黑，而且闪电，大雨如注。我想，此刻，峪道河应该奔流不息了吧，历史的细节总是在不经意间闪现。

晚上，住杏花村汾酒厂。晚饭上了四壶汾酒，老白、白玉、玫瑰、竹叶青各一壶。吃完饭，几个人走去看工厂的老大门，门头上是郭沫若写的"酒之泉"。字好不好很难谈，那么就不谈字吧。谈歌，谈山西的民歌。小时候，经常听的磁带，有一盒是任桂珍的民歌，AB面各有山西民歌一首，《汾河流水哗啦啦》与《赶牲灵》。谈得不尽兴，便唱，一连唱了几首，拖着拖鞋回房睡觉。

24日，至霍州。霍州府衙的规制完整，大堂是一幢元代建筑，尚属珍贵。可惜，搞了许多莫名其妙的蜡像。下午至洪洞县，幸亏有乡人引路，车子才得以直至寺院山脚下。谁说"洪洞县里无好人"？那只是苏三的唱词。广胜寺有三绝，飞虹塔、壁画。晚上，入住灵石县静升村的崇宁堡酒店。我躺在床上，很久都睡不着，想着白天看过的广胜寺的琉璃塔，充满着同时期建造的南京大报恩寺琉璃塔的风度。

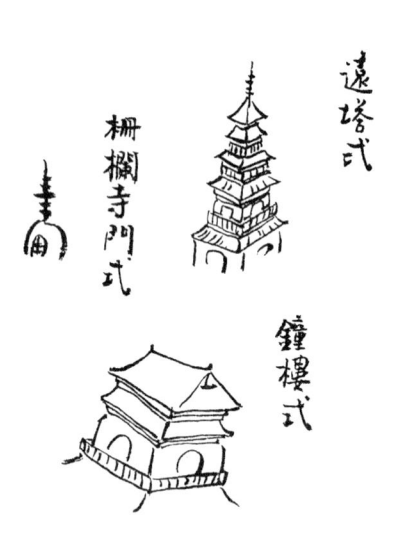

建筑样式　陈卫新手绘

写在后面：雪中的荷兰馆

最近几天，南京的大雪算是让南京人体会到了金陵雪境。南京人爱看雪是出了名的，最痴的是张岱写的，"到亭上，有两人铺毡对坐，一童子烧酒炉正沸。见余，大喜曰：湖中焉得更有此人？拉余同饮。余强饮三大白而别。问其姓氏，是金陵人，客此。及下船，舟子喃喃曰：莫说相公痴，更有痴似相公者！"虽是写杭州西湖边的，但似乎更像是南京后湖边的事。万历年间，曾经有南京当地画家画过金陵八景图，其中有一景即为"石城瑞雪"。

"下雪不冷化雪冷"，早上，坐在二楼写字，抄了一首白乐天的诗。无非是"花寒懒发鸟慵啼"之类。这种诗抄了许多天，人却没有增加出什么懒散的美好感觉，就像许多人去健身房减肥，结果不见得重要，只是各种照片拍了许多。选择古诗词这一类文字来抄，也是有一个好处的，繁体字越来越熟识了，对古人似乎也靠近了一些，只是半生不熟，有点迎面而来，面熟又叫不上名字的感觉。

荷兰馆就是民国荷兰大使馆的旧址，建于1936年，因为中间有一次产权交易，所以很有可能修缮改造过。总之，1945年，荷兰人买下这幢建筑后，大使馆就在此处，一直到1949年9月22日工作人员离开。这座坐北朝南的建筑物，主体采用砖混结构，地上两层，在北侧设有地下室。外墙采用泰山青砖清水砌筑，直抵10米高，檐口的一圈有精美的"寿"字纹水泥花砖。中式歇山烟灰色筒瓦屋面，在一层四周分出六间小型歇山抱厦，正脊、正吻、脊兽均为水泥制成，带有云头状的纹饰。主入口两旁分设钢筋混凝土罗马式立柱，柱顶两侧饰有雀替，极简约，又恰到好处。所有的窗都是钢质外窗，二层的室内层高偏高，在冬季开空

雪中的荷兰馆

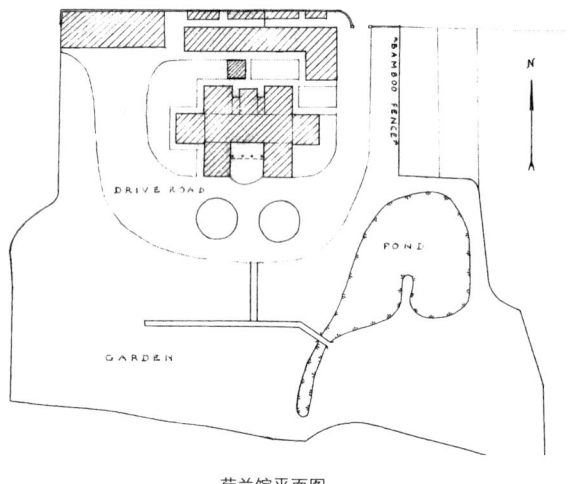

荷兰馆平面图

调很费，好在太阳好，窗户大，只要是晴好的天气，坐在二楼写字，那种温暖还是挺好的。民国时期的毛玻璃折射进来的光线，映照在屋顶上，曲曲折折，似明似暗。一个月前，朋友送的一大抱雏菊，此时成了干花，插在茶几上的一只敞口的玻璃瓶里，鲜艳堆成一处，似乎一下子凝固了起来。

荷兰馆正在展出的是有关于南京的民国地图，都是旧藏，拿出来展示，无非是希望物尽其用。建筑如此，手头藏物亦是如此。何况地图有一样好处，是其他藏品不能替代的。地图是浓缩的平面化的城市，是城市发展变化的见证。来看展的人很多，有高校师生，有市民，有专家，甚至有一位从北京而来的老先生，因为他的父亲曾经在这使馆工作。他带着一张他父亲的工作照，反复比较，找到那个位置，恭敬地站立了一会儿，像一个孩子。

一位朋友说，有历史文化积淀的街巷要有大树，要有闲人，要有猫叫春。荷兰馆有两只猫，打我搬进来就在。一只花的玳瑁，年长一些。另一只黑的，是只幼猫。刚开始的时候，两位常打架，小黑猫因为得门房的宠爱，所以气势更胜一筹。年长的脾气暴躁，但它的领地在更远的西围墙那里，现在来北门，便懂得识时势了。它们常常在北门的草地上晒太阳，此刻，两位一前一后上了二楼，也不招呼，从我的桌子前走过，直接走去了阳台。阳台还是那么宽，护栏是砖实砌的，显得安全也妥当。我见过一张1949年的照片，荷兰人在阳台上喝咖啡时拍的。似乎也是秋冬时候，人们正望向东南方向的池塘，近处，有一只杯子正放在护栏上端的平台上，阳光从后侧斜下，杯子口散发出一束柔软的光。特别有意思的是，这座荷兰大使馆所采用的带有明显中国特色的大屋顶式建筑风格，和同时期南京30多座其它国家大使馆所偏好的西式建筑样式比较起来，几乎可以算是一个"中国化"的特例。

"作湖山一日主人，历唐宋百年过客"，对于一座历史建筑来说，我们都只是时光中的过客，建筑留下的痕迹若隐若现。荷兰馆的活化利用，是一次基于人文历史的实践。对待一幢历史建筑，释放它的建筑魅力，并且最大化地实现它的影响力，是我们的目标。我们为此执恭敬心,就像恭敬地生活在这座城市,也像恭敬地参加一次新春的茶会,恭敬地等待一场新雪的到来。

图书在版编目（CIP）数据

在时间的河流上 / 陈卫新著. —— 南京：江苏凤凰文艺出版社, 2019.7（2024.1 重印）
ISBN 978-7-5594-3521-7

Ⅰ. ①在… Ⅱ. ①陈… Ⅲ. ①散文集 – 中国 – 当代 Ⅳ. ① I267

中国版本图书馆 CIP 数据核字（2019）第 062613 号

在时间的河流上

陈卫新　著

责任编辑	张　黎
装帧设计	马海云
责任印制	刘　巍
出版发行	江苏凤凰文艺出版社
	南京市中央路 165 号，邮编：210009
网　　址	http://www.jswenyi.com
印　　刷	苏州市越洋印刷有限公司
开　　本	880mm×1230mm　1/32
印　　张	7
字　　数	94 千字
版　　次	2019 年 7 月第 1 版
印　　次	2024 年 1 月第 3 次印刷
书　　号	ISBN 978 - 7 - 5594 - 3521 - 7
定　　价	42.00 元

江苏凤凰文艺版图书凡印刷、装订错误可随时向承印厂调换